Viagens Extraordinárias

Obras Completas de Júlio Verne em 90 volumes

1ª Série
1. A Volta ao Mundo em 80 Dias
2. O Raio Verde
3. Os Náufragos do Ar - A ILHA MISTERIOSA I
4. O Abandonado - A ILHA MISTERIOSA II
5. O Segredo da Ilha - A ILHA MISTERIOSA III
6. A Escuna Perdida - DOIS ANOS DE FÉRIAS I
7. A Ilha Chairman - DOIS ANOS DE FÉRIAS II
8. América do Sul - OS FILHOS DO CAPITÃO GRANT I
9. Austrália Meridional - OS FILHOS DO CAPITÃO GRANT II
10. O Oceano Pacífico - OS FILHOS DO CAPITÃO GRANT III

2ª Série
1. O Correio do Czar - MIGUEL STROGOFF I
2. A Invasão - MIGUEL STROGOFF II
3. Atribulações de um Chinês na China
4. À Procura dos Náufragos - A MULHER DO CAPITÃO BRANIGAN I
5. Deus Dispõe - A MULHER DO CAPITÃO BRANIGAN II
6. De Constantinopla a Scutari - KÉRABAN O CABEÇUDO I
7. O Regresso - KÉRABAN O CABEÇUDO II
8. Os Filhos do Traidor - FAMÍLIA-SEM-NOME I
9. O Padre Joann - FAMÍLIA-SEM-NOME II
10. Clóvis Dardentor

— LES VOYAGES EXTRAORDINAIRES —

COLLECTION HETZEL

Viagens Extraordinárias
Obras Completas de Júlio Verne em 90 volumes

1ª Série
Vol. **6**

Tradução e Revisão
Mariângela M. Queiroz

Villa Rica Editoras Reunidas Ltda
Belo Horizonte
Rua São Geraldo, 53 - Floresta - CEP 30150-070 - Tel.: (31) 212-4600
Fax: (31) 224-5151
http://www.villarica.com.br

Júlio Verne

A ESCUNA PERDIDA
Dois Anos de Férias I

Desenhos de L. Bennet

VILLA RICA
Belo Horizonte

2000
Direitos de Propriedade Literária adquiridos pela
VILLA RICA EDITORAS REUNIDAS LTDA
Belo Horizonte
Impresso no Brasil
Printed in Brazil

ÍNDICE

Tempestade no mar	9
Luta contra o mar	22
Agonia em Auckland	34
Situação dos náufragos	49
Ilha desconhecida	62
Expedição exploratória	75
O lago	88
A caverna e o esqueleto	101
O mapa da ilha	112
Na Gruta Francesa	122
Organizam-se os náufragos	136
Eleição do chefe	150
A primeira sentença	166
Deserto de areia	181
Corcel para transporte	194

1
Tempestade no Mar

Durante a noite de 9 de março de 1860, as nuvens, confundindo-se com o mar, limitavam a algumas braças o alcance da vista.

Sobre o mar agitado, cujas vagas se desdobravam, projetando clarões lívidos, leve embarcação fugia desarvorada. Era um iate de cem toneladas e chamava-se *Sloughi*.

Seria inútil procurar ler tal nome no letreiro da popa, que um acidente — vaga ou colisão — arrancara, em parte, abaixo da amurada.

Eram 11 horas da noite. Sob aquela latitude, no começo do mês de março, as noites são curtas ainda. Os primeiros alvores do dia começam a aparecer por volta de cinco horas da manhã. Mas os perigos que ameaçavam o *Sloughi* seriam porventura menores quando o sol iluminasse o céu? A frágil embarcação permaneceria ao sabor das ondas? Certamente, pois somente quando as vagas e o vento se acalmassem é que o iate poderia ser salvo do mais pavoroso dos naufrágios — aquele que se dá em pleno oceano, longe de terra, onde os sobreviventes possam encontrar salvação!

À popa do *Sloughi*, três meninos, um de quatorze anos e dois outros de treze, mais o grumete, de doze anos, de raça negra, estavam agarrados à roda do leme. Os meninos, que tinham sido atirados ao chão, levantaram-se em seguida.

— A direção está funcionando, Briant? — perguntou um deles.

— Sim, Gordon — respondeu Briant, que retomara seu lugar, conservando todo o sangue-frio.

Depois, dirigindo-se ao terceiro.

— Segure-se bem, Doniphan — acrescentou, — e não percamos a coragem!... Há outros, além de nós, a serem salvos!

Estas poucas frases foram pronunciadas em inglês, se bem que o sotaque de Briant denunciasse origem francesa. Depois, dirigindo-se ao grumete, disse:

— Não está ferido, Moko?

— Não, senhor Briant — respondeu o grumete. — Acima de tudo devemos procurar manter o iate sobre as ondas.

Neste momento, a porta da coberta sobre a escada, que conduzia ao salão da escuna, foi subitamente aberta. Duas cabecinhas apareceram ao nível da ponte, juntamente com o focinho de um cão, cujos latidos se ouviam.

— Briant!... Briant!... — exclamou um menino de nove anos. — O que é que há?

— Nada, Iverson, nada! — replicou Briant. — Faça o favor de descer com Dole... e bem depressa, ouviu?

— É que nós temos muito medo! — acrescentou o segundo menino, que era ainda mais jovem.

— E os outros? — perguntou Doniphan.

— Os outros também! — respondeu Dole.

— Vamos, entrem todos — respondeu Briant. — Tranquem-se e escondam-se debaixo das cobertas, fechem os olhos e não terão mais medo! Não há perigo.

— Atenção!... Mais um vagalhão! — exclamou Moko.

Deu-se choque violento na popa do iate. Desta vez a água não entrou, felizmente, pois, do contrário, o iate, pesadíssimo, não se poderia elevar na crista da onda.

— Entrem! — exclamou Gordon. — Entrem... ou vão ver!...

— Vamos, entrem pequenos! — acrescentou Briant, com um tom mais amigável.

As duas cabecinhas desapareceram no momento em que outro rapaz, que acabava de surgir na entrada da coberta, dizia:

— Não precisa de nós, Briant?

— Não, Baxter — respondeu Briant. — Cross, Webb, Service, Wilcox e você fiquem com os pequenos! Nós quatro bastaremos.

Baxter fechou a porta pelo lado de dentro.

"Os outros também têm medo" — dissera Dole.

Só havia crianças a bordo da escuna carregada pelo furacão.

Eram quinze, contando com Gordon, Briant, Doniphan e o grumete. Nenhum homem no iate, nenhum capitão para comandá-lo, nenhum marinheiro para fazer manobras, nenhum timoneiro para governar no meio desta tempestade.

A bordo, também, não havia ninguém que pudesse dizer qual era a posição exata do *Sloughi* no imenso oceano que é o Pacífico.

O que tinha acontecido? A equipagem da escuna teria desaparecido em alguma catástrofe? Piratas da Malásia tê-la-iam raptado, deixando a bordo apenas jovens passageiros, entregues a sua sorte e dos quais o mais velho contava apenas quatorze anos? Um iate de cem toneladas exige, pelo menos, um capitão, um mestre, cinco ou seis homens, e não restava senão o grumete!... Finalmente, de onde vinha a escuna, de que paragens australásicas ou de que arquipélago da Oceania, há quanto tempo e com que destino? A essas perguntas, aqueles meninos, sem dúvida, teriam podido responder, se lhe houvessem sido feitas.

Briant e seus camaradas faziam todos os esforços possíveis para que a escuna não adernasse.

— Que fazer? — perguntou Doniphan.

— Tudo o que pudermos para salvar-nos — respondeu Briant.

A tempestade redobrava de violência. O vento soprava como raio, como dizem os marinheiros. O *Sloughi* arriscava-se a ser destruído pelas rajadas do vento. Fazia quarenta e oito horas que, meio tombado, o grande mastro, quebrado acima de sua base, não permitia que nele se armasse uma vela, o que teria possibilitado governar com mais segurança. O mastro da mezena, com a flecha decapitada, ainda estava firme, mas era preciso, prever o momento em que, soltando-se, de seus ovéns, se abatesse sobre a ponte. Na proa, os farrapos da pequena vela triangular batiam com detonações semelhantes às de arma de fogo. De todo o velame só restava a mezena, que ameaçava rasgar-se, pois os jovens não tinham tido força para pegar os últimos rizes a fim de diminuir-lhe a superfície. Se isso acontecesse, a escuna não poderia mais ser mantida, as ondas abordá-la-iam pelo flanco, soçobraria, iria a pique e seus passageiros, com ela, desapareceriam na voragem.

Até então, nenhuma ilha fora assinalada ao largo, nenhum continente aparecera a leste! Dar à costa é eventualidade terrível e, no entanto, aqueles meninos não o teriam temido tanto como temiam os furores daquele mar infindável. Um

Briant e Moko dão provas de habilidade.

litoral, fosse qual fosse, com seus escolhos, seus bancos de areia, seus vagalhões, as ressacas que fustigam suas rochas incessantemente, seria a salvação para eles. Seria a terra firme, em vez daquele oceano, pronto a abrir-se a seus pés!

Todos procuravam ver alguma luz que os guiasse, mas nenhum clarão se distinguia no meio daquela noite profunda!

Subitamente, cerca de uma hora da manhã, uma ruptura terrível abafou os silvos do tufão.

— O mastro da mezena quebrou! — exclamou Doniphan.

— Não! — respondeu o grumete. — Foi a vela que se arrancou das relingas!

— Precisamos dar um jeito nisso — disse Briant. — Gordon, fique no leme com Doniphan e você, Moko, venha ajudar-me!

Se Moko, na qualidade de grumete, devia ter alguns conhecimentos náuticos, Briant também não era inteiramente ignorante. Por já ter atravessado o Atlântico e o Pacífico, quando viera da Europa para a Oceania, tinha-se familiarizado com as manobras de uma embarcação. Isso explica por que os outros rapazes que nada entendiam do assunto tinham que recorrer a ele e a Moko para dirigirem a escuna.

Num instante, Briant e o grumete foram audaciosamente à proa do iate. Para evitar que o barco adernasse, era preciso a todo custo desembaraçar-se da mezena, que formava bolsa na parte inferior e fazia com que a escuna permanecesse sempre no mesmo lugar, arriscando-se a virar. Se isso acontecesse, não seria mais possível levantá-la, a menos que fosse cortado o mastro da mezena pela base, depois de serem cortados os ovéns metálicos. E como poderiam as crianças realizar tanto?

Em tal emergência, Briant e Moko deram provas de habilidade notável. Decididos a manter o máximo possível de vela, a fim de continuar a ter o vento por trás, enquanto durasse a borrasca, conseguiram largar a adriça da verga. Os frangalhos da mezena foram arrancados a faca e seus cantos inferiores foram amarrados por duas cordas às cavilhas do pavês.

A água provinha das pancadas do mar

Com velame extremamente reduzido, a escuna pôde manter a direção que seguia há tanto tempo. Apenas com seu casco, oferecia bastante resistência ao vento para navegar com a rapidez de um torpedeiro. O que importava, sobretudo, era que pudesse fugir às vagas, correndo com maior rapidez do que elas, a fim de não receber algum impacto danoso do mar, acima da amurada.

Feito isso, Briant e Moko voltaram para junto de Gordon e de Doniphan a fim de os ajudarem a controlar o barco. A porta da coberta abriu-se pela segunda vez. Um menino passou a cabeça para fora. Era Jacques, irmão de Briant, três anos mais jovem do que ele.

— O que quer, Jacques? — perguntou o irmão.

— Venha!... Venha!... — respondeu Jacques. — Há água no salão!

— Será possível? — exclamou Briant.

E, precipitando-se para a coberta, desceu apressadamente.

O salão estava confusamente iluminado por uma lâmpada que balançava com violência. À sua luz podia-se ver uma dúzia de meninos, estendidos por cima dos divãs ou dos beliches do *Sloughi*. Os menores — crianças de oito a nove anos, — apertados uns contra os outros, estavam aterrorizados.

— Não há perigo! — disse-lhes Briant, que queria tranqüilizá-los primeiro. — Nós estamos lá! Não tenham medo!

Então, passeando uma lanterna acesa sobre o assoalho do salão, pôde verificar que certa quantidade de água corria de um a outro bordo do iate.

De onde viria aquela água? Teria entrado por alguma brecha do casco? Era preciso verificar. À frente do salão, encontrava-se o grande quarto, depois a sala de jantar e o posto da equipagem.

Briant percorreu os diversos compartimentos e observou que a água não penetrava nem acima nem abaixo da linha de flutuação. Tal água descia para a popa devido à posição do iate, mas provinha das pancadas do mar, pela proa, e que a coberta do posto deixara entrar para o interior. Portanto, nenhum perigo por este lado.

Briant tranqüilizou seus camaradas, regressando ao salão um pouco menos inquieto, e foi retomar seu lugar no leme. A escuna, solidamente construída e recentemente carenada com boa cobertura de cobre, não fazia água e devia estar em condições de resistir à fúria do mar.

Era então uma hora da manhã. Àquela hora da noite, mais escura ainda pela espessura das nuvens, a borrasca desencadeava-se furiosamente. O iate navegava como se tivesse mergulhado inteiramente em meio líquido. Gritos agudos de albatrozes rasgavam os céus. De sua aparição poder-se-ia deduzir que a terra estivesse próxima? Não, pois eles são encontrados muitas vezes a centenas de léguas das costas.

Uma hora mais tarde, nova ruptura ouviu-se a bordo. O que restava da mezena acabava de dilacerar-se e farrapos de lona esvoaçavam pelo espaço, como enormes aves marinhas.

— Não temos mais vela e é impossível instalar outra! — exclamou Doniphan.

— Não importa! — respondeu Briant. — Pode ter a certeza de que não iremos mais devagar!

— Que bela resposta! — replicou Doniphan. — Se é assim o seu jeito de manobrar...

— Cuidado com as ondas por trás! — disse Moko. — Precisamos segurar-nos com força, senão seremos tragados...

O grumete ainda não acabara sua frase quando várias toneladas de água passaram por cima da amurada. Briant, Doniphan e Gordon foram jogados contra a coberta, à qual conseguiram agarrar-se. Mas o grumete desaparecera com a massa que varreu o *Sloughi* de popa à proa, carregando parte dos mastros, os dois botes e a canoa, alguns paus, bem como a caixa da bússola. Todavia, como os portalós se abriram com o choque, a água pôde escoar-se rapidamente, o que salvou o iate do perigo de soçobrar.

— Moko!... Moko!... — exclamara Briant, logo que conseguiu falar novamente.

— Será que ele foi jogado ao mar?... — conjeturou Doniphan.

— Não sei!... Não o vemos... Não o ouvimos! — disse Gordon, que acabava de curvar-se sobre a amurada.

— É preciso salvá-lo... enviar-lhe bóia... cordas!... — gritou Briant.

E com voz que retumbou fortemente durante alguns segundos de calma, gritou de novo.

— Moko!...Moko?...

— Socorro!... Socorro!... — respondeu o grumete.

— Ele não está no mar — disse Gordon. — Sua voz vem da proa da escuna!...

— Eu o salvarei! — exclamou Briant.

Pôs-se a andar rastejando sobre a ponte, evitando quanto possível o choque das roldanas, que balançavam meio frouxas, em desuso. A voz do grumete atravessou ainda uma vez o espaço. Depois tudo emudeceu. Entretanto, à custa de grandes esforços, Briant conseguiu atingir a coberta do posto. Chamou. Nenhuma resposta. Moko teria sido então arrastado por nova investida do mar, depois de ter dado o primeiro grito? Neste caso, o infeliz menino devia estar bem longe agora, pois a vaga poderia tê-lo transportado com velocidade igual à da escuna. E, então, ele estaria perdido...

Não! Um grito mais fraco chegou até Briant, que se precipitou na direção do cabrestante, em cujo montante se encaixava o pé do gurupés. Ali, suas mãos encontraram um corpo que se debatia... Era o grumete, preso num ângulo formado pelos paveses. Um cabo, que se ajustava cada vez mais em virtude mesmo de seus esforços, apertava-lhe a garganta. Depois de ser salvo pelo cabo, agora, o próprio cabo o estava estrangulando!

Com sua faca, Briant conseguiu cortar a corda que retinha o grumete. Moko foi então levado para a popa.

— Obrigado, senhor Briant, obrigado! — disse ele.

Retomou seu lugar no leme e todos quatro amarraram-se a fim de resistir às vagas enormes que se erguiam sobre o *Sloughi*.

Contrariamente ao que supusera Briant, a velocidade do iate diminuíra um pouco, depois de nada mais restar da mezena — o que constituía novo perigo. Com efeito, as vagas, correndo mais velozes do que ele, poderiam assaltá-lo pela popa e invadi-lo. Mas que fazer? Teria sido impossível armar o menor pedaço de vela.

No hemisfério austral, o mês de março corresponde ao mês de setembro no hemisfério boreal e as noites têm duração média. Como eram aproximadamente quatro horas da manhã, o horizonte não tardaria a clarear ao leste. Quem sabe se, nascendo o dia, o ciclone perderia sua violência? Quem sabe, também, se apareceria alguma terra à vista e a sorte das crianças se decidiria em poucos minutos? Ver-se-ia melhor quando a aurora tingisse o céu distante.

Cerca de quatro horas e meia, a claridade difusa projetou-se até ao zênite. Infelizmente, as brumas limitavam ainda o raio da visão a menos de quinhentos metros. As nuvens passavam com velocidade incrível. O furacão não perdera nada de sua força e, ao largo, o mar desaparecia sob a espuma dos vagalhões agitados. A escuna, ora suspensa na crista de uma onda, ora precipitada no fundo de um abismo, teria soçobrado vinte vezes se fosse atingida pelo flanco.

Os quatro rapazes contemplavam as vagas encapeladas. Sabiam que se a calmaria tardasse, sua situação seria desesperadora. O *Sloughi* não resistiria vinte e quatro horas mais aos ataques do mar, que terminariam por afundar-lhe as cobertas.

Foi então que Moko exclamou:

— Terra!... Terra!...

Através de um rasgão do nevoeiro, o grumete supôs ter percebido os contornos de uma costa na direção do leste.

— Terra?... — respondera Briant.

— Sim... — repetiu Moko — terra... a leste!

E indicava um ponto do horizonte escondido então por amontoado de nuvens.

— Tem certeza?.... — perguntou Doniphan.

— Sim!... Sim!... Certamente!... — respondeu o grumete.

— Se o nevoeiro voltar a abrir-se, olhe bem... lá... um pouco à direita do mastro da mezena... olhe... olhe...

A neblina que se abria começava a desprender-se do mar, subindo para as zonas mais altas. Alguns instantes depois, o oceano tornou-se visível à frente do iate.

— Sim!... Terra!... É mesmo terra! — exclamou Briant.

— E terra bem baixa! — acrescentou Gordon, que acabava de observar mais atentamente o litoral assinalado.

Não havia mais dúvidas desta vez. Continente ou ilha, desenhava-se ela a cerca de dez quilômetros. O *Sloughi* não podia deixar de ser atirado ali em menos de uma hora. Era de temer que se esfacelasse, sobretudo se houvesse escolhos antes de atingir a terra firme. Mas aqueles rapazes nem pensavam nisso. Naquela terra que se oferecia, inesperadamente, a seus olhos, só viam a salvação. O vento voltou a soprar com mais violência. O *Sloughi*, levado como pluma, precipitou-se para a costa, que se recortava com a nitidez de uma pincelada sobre o fundo esbranquiçado do céu. Por trás, elevava-se uma falésia, e à frente estendia-se areal pardacento. Se o *Sloughi* pudesse atingir aquela praia arenosa sem encontrar recifes, ou se a embocadura de um rio lhe oferecesse refúgio, talvez os jovens passageiros escapassem!

Enquanto Doniphan, Gordon e Moko continuavam no leme, Briant fora à proa e observava a terra que se aproximava a olhos vistos, tão considerável era a velocidade. Mas, em vão, procurava algum lugar onde o iate pudesse acostar em condições mais favoráveis. Não se via embocadura de rio ou de riacho, nem mesmo faixa de areia, sobre a qual teria sido possível encalhar. Com efeito, aquém do areal estendiam-se fileiras de recifes, cujas pontas negras emergiam das ondulações das vagas e que eram batidas sem descanso por ressaca monstruosa. Ao primeiro choque, o *Sloughi* seria posto em pedaços. Briant pensou então que era melhor ter todos os seus camaradas sobre a ponte no momento em que se desse o encalhe, e, abrindo a porta da coberta, gritou.

— Todo mundo para cima!

Mal o cão saltou para fora, os meninos arrojaram-se na popa do iate. Os menores, à vista das ondas, que a pouca altura do fundo tornava mais temíveis, soltaram gritos de pavor... Um pouco antes de seis horas da manhã, o *Sloughi* tinha chegado junto aos recifes.

— Segurem-se bem!... Segurem-se bem! — gritou Briant.

E, meio despido, pôs-se pronto a socorrer aqueles que a ressaca arrastasse, pois, certamente, o iate ia ser jogado sobre os recifes.

Súbito, um primeiro abalo fez-se sentir. O *Sloughi* acabava de ser imprensado pela popa. Mas, se bem que todo o casco fosse sacudido, a água não penetrou no seu interior.

Levantado por segunda onda, foi levado para a frente, sem mesmo ter roçado pelas pedras, cujas extremidades surgiam em milhares de pontos. Depois, inclinado sobre o bombordo, ficou imóvel no meio da ressaca.

Se não estava mais em pleno mar, ainda estava há quinhentos metros da praia.

2
LUTA CONTRA O MAR

A atmosfera livre da cortina de névoa, permitia ao olhar estender-se por largo raio em torno da escuna. As nuvens corriam sempre com extrema rapidez. A tempestade não perdera ainda nada de sua fúria. Talvez, entretanto, fossem aqueles os últimos instantes em que castigasse tais paragens desconhecidas do oceano Pacífico.

Era uma esperança apenas, pois, até agora, a situação não oferecia menos perigos do que durante a noite de tempestade. Unidos uns aos outros, os meninos deveriam julgar-se perdidos toda vez que uma vaga se quebrava por cima da pavesada e a cobria de espuma. Os choques eram ainda mais violentos porque a escuna não podia fugir. Todavia, se a cada pancada estremecia até em sua estrutura, não parecia que seu casco se tivesse aberto ao imprensar-se contra os recifes. Briant e Gordon, depois de terem descido aos camarotes, verificaram que a água não havia entrado no interior do porão.

— Não tenham medo!... — repetia sempre Briant. — O iate é sólido!... A costa não está longe!... Esperemos e, então, vamos tentar atingir a praia.

— E por que esperar? — perguntou Doniphan.

— Sim... por quê? — acrescentou outro rapaz de doze anos, chamado Wilcox. — Doniphan tem razão... Por que esperar?

— Porque o mar está muito agitado ainda e nos atiraria sobre as rochas! — respondeu Briant.

— E se o iate for destruído? — exclamou Webb.

— Não creio que isso aconteça — replicou Briant, — pelo menos quando a maré baixar. E logo que baixe, tanto quanto o vento o permitir, trataremos do salvamento!

Entretanto, por mais razoável que fosse tal conselho, Doniphan e dois ou três outros não pareciam dispostos a segui-lo. Agruparam-se na proa e conversaram em voz baixa. O que transparecia já, claramente, é que Doniphan, Wilcox, Webb e outro menino, chamado Cross, não estavam inclinados a entender-se com Briant. Durante a longa travessia, tinham consentido em obedecer-lhe, porque Briant, disseram, tinha algum conhecimento de navegação. Mas tinham pensado sempre que, tão logo chegassem à terra, retomariam sua liberdade de ação — sobretudo Doniphan, que, pela instrução e inteligência, julgava-se superior a Briant, bem como a todos os seus outros camaradas. Aliás, tal ciúme de Doniphan, com respeito a Briant, vinha de longa data e, porque este era francês, os jovens ingleses estavam pouco inclinados a aceitar sua liderança.

Todavia, Doniphan, Wilcox, Cross e Webb observavam aquele lençol de espuma, semeado de turbilhões, sulcado de correntes, que parecia muito perigoso. O mais hábil nadador não resistiria à ressaca da maré vazante que o vento pegava em sentido contrário. O conselho de esperar algumas horas era portanto justo. Foi preciso que Doniphan e seus camaradas se rendessem à evidência para, finalmente, voltarem para a popa, onde se encontravam os mais jovens.

Briant dizia, então, a Gordon e a alguns daqueles que o rodeavam:

— Não nos separemos! Continuemos unidos ou estaremos perdidos!...

— Pretende dar-nos ordens? — exclamou Doniphan, que acabava de ouvi-lo.

— Não pretendo nada, senão agirmos de acordo para a salvação de todos!

— Briant tem razão! — acrescentou Gordon, rapaz frio e sério, que não falava senão depois de muito refletir.

— Sim!... Sim!... — exclamaram dois ou três dos pequenos que secreto instinto levava a aproximarem-se de Briant.

Doniphan não replicou, mas seus camaradas e ele persistiram em manterem-se à parte, aguardando a hora do salvamento.

Que terra seria aquela? Pertenceria a alguma ilha do oceano Pacífico ou a algum continente? O problema não podia ser resolvido em virtude de encontrar-se o *Sloughi* muito próximo do litoral, e não ser possível observar em perímetro suficiente. Sua concavidade, formando uma larga baía, terminava por dois promontórios, um bastante elevado e cortado a pique, ao norte, e o outro fino, em ponta virada para o sul. Mas, para além destes dois cabos, o mar curvar-se-ia de modo a banhar os contornos de uma ilha? Era o que Briant tentava inutilmente reconhecer com uma das lunetas de bordo.

Com efeito, no caso de ser a terra uma ilha, como conseguir deixá-la, se era impossível fazer com que a escuna voltasse a flutuar? E, se a ilha fosse deserta — como há nas águas do Pacífico, — de que modo aquelas crianças abandonadas ao seu próprio destino poderiam prover as necessidades da existência? Num continente, ao contrário, as oportunidades de salvamento seriam bem ampliadas, pois, no caso, aquele continente não poderia deixar de ser a América do Sul. Então, através dos territórios do Chile ou da Bolívia, seria possível encontrar assistência, senão imediatamente, pelo menos alguns dias depois de pisarem a terra. É verdade que, sobre tal litoral, vizinho dos pampas, era de temer-se algum mau encontro. Mas, no momento, o importante era atingir a terra.

O tempo estava bastante claro e a visibilidade era total. Distinguia-se nitidamente o primeiro plano da praia, a falésia que a emoldurava por trás, assim como os maciços de árvores agrupados em sua base. Briant chegou a distinguir a embocadura de um rio, na beira da praia. Se o aspecto da costa não era muito atraente, a cortina de verdura indicava certa fertilidade, comparável à das zonas de latitude média. Sem dúvida, além da falésia, ao abrigo dos ventos do largo, a vegetação, encontrando solo mais favorável, deveria desenvolver-se com algum vigor. Mas não parecia que tal parte da costa fosse habitada. Não se viam ali nem casas, nem choupanas, nem mesmo na embocadura do rio. Talvez os indígenas, se os houvesse, residissem de preferência no interior do país, onde estariam menos expostos aos brutais ataques dos ventos do oeste.

— Não vislumbro a menor fumaça! — disse Briant, abaixando o binóculo.

— E nem uma única embarcação sobre a praia! — observou Moko.

— Como poderia haver navios se não há porto?... — replicou Doniphan.

— Não seria necessário que houvesse porto para isso — continuou Gordon. — Os barcos de pesca podem encontrar refúgio na entrada de um rio e é possível que a tempestade os tenha obrigado a procurar abrigo no interior.

A observação de Gordon era correta. Fosse porque fosse, por um ou outro motivo, não se vislumbrou qualquer embarcação e, na realidade, o litoral parecia ser absolutamente desprovido de habitantes. Seria pelo menos habitável, no caso dos jovens náufragos terem de ali permanecer por algumas semanas?

Entretanto, a maré descia aos poucos, ainda que lentamente. O importante, então, era estar com tudo pronto para o momento em que o banco de recifes oferecesse alguma passagem viável.

Eram quase sete horas. Cada um ocupou-se em levar para a ponta do iate os objetos de primeira necessidade, deixando os outros para serem recolhidos se, acaso, o mar os levasse para a costa. Pequenos e grandes puseram mãos à obra. Havia a bordo excelente provisão de conservas, biscoitos, carnes salgadas ou defumadas. Fizeram-se pacotes para serem transportados pelos mais velhos.

Briant e Gordon observavam cuidadosamente o mar. Com a mudança na direção do vento, veio a calmaria e os vagalhões da ressaca começavam a abrandar. Assim tornava-se fácil notar a descida das águas ao longo das pontas que emergiam. A escuna sentia tais efeitos, tombando mais acentuadamente sobre o bombordo. Era mesmo de recear, se a inclinação aumentasse, que ela se deitasse sobre o flanco. Neste caso, se a água invadisse a ponte antes que se pudesse sair dela, a situação seria extremamente grave.

Como era lamentável que os botes tivessem sido carregados durante a tempestade! Com tais embarcações, Briant e seus companheiros teriam podido, desde logo, tentar atingir a costa. Depois, seria fácil estabelecer comunicação entre o litoral e a escuna, para transportar os objetos úteis.

Subitamente, ouviram-se gritos na proa. Baxter acabava de fazer descoberta importante. A canoa da escuna, que se acreditava perdida, encontrava-se presa entre as cordas do gurupés. Não poderia levar senão cinco ou seis pessoas. Mas, como estava intacta, não seria impossível utilizá-la no caso do mar não permitir transpor os recifes a pé. Convinha, por conseguinte, esperar que a maré estivesse no seu ponto mais baixo. Doniphan, Wilcox, Webb e Cross, depois de se terem apoderado da canoa, preparavam-se para lançá-la para fora, quando Briant veio-lhes ao encontro.

— O que é que vocês querem fazer? — perguntou ele.

— O que nos convém — respondeu Wilcox.

— Embarcar nesta canoa?

— Sim — replicou Doniphan, — e não será você que o impedirá!

— Serei eu — contestou Briant, — eu e todos aqueles que você quer abandonar!...

— Abandonar?... Que idéia é essa? — respondeu Doniphan com altivez. — Não quero abandonar ninguém! Uma vez na praia, um de nós trará a canoa...

— E se ela não puder voltar? — exclamou Briant que se continha a custo. — E se espatifar-se em cima dessas rochas?...

— Embarquemos!... Embarquemos! — respondeu Webb, dando um empurrão em Briant.

Depois, com a ajuda de Wilcox e de Cross, levantou a embarcação a fim de pô-la na água.

Briant pegou-a por uma das extremidades.

— Vocês não embarcarão! — disse ele.

— É o que veremos! — respondeu Doniphan.

— Não embarcarão! — repetiu Briant, decidido a resistir no interesse comum. — A canoa deve ser reservada aos menores.

— Deixe-nos em paz! — exclamou Doniphan encolerizado.
— Eu repito, Briant, não nos impedirá de fazer o que queremos!

— E eu repito — exclamou Briant — que o impedirei, Doniphan!

Os dois rapazes estavam prontos a atirarem-se um contra o outro. Wilcox, Webb e Cross iam naturalmente tomar o partido de Doniphan, enquanto que Baxter, Service e Garnett cerrariam fileiras ao lado de Briant. Daí podiam resultar conseqüências deploráveis. Gordon, o mais velho e também o mais senhor de si, compreendendo o quão lamentável era aquele procedimento teve o bom-senso de interferir em favor de Briant.

— Vamos! Vamos! — disse ele. — Um pouco de paciência, Doniphan! O mar está ainda demasiado forte e nos arriscaríamos a perder nossa canoa!

— Não quero — exclamou Doniphan — que Briant nos dê ordens, como já se habituou há algum tempo!

— Não!... Não!... — confirmaram Cross e Webb.

— Não pretendo mandar em ninguém — respondeu Briant, — mas não deixarei que ninguém dê ordens contrárias ao interesse de todos!

— Temos tanto cuidado como você pelos outros! — replicou Doniphan. — E agora que estamos em terra...

— Ainda não, infelizmente — disse Gordon. — Doniphan, não teime! Vamos aguardar o momento favorável para usar a canoa!

Muito oportunamente, Gordon desempenhava o papel de mediador entre Doniphan e Briant — o que acontecera já mais de uma vez, — e seus camaradas renderam-se a sua observação. A maré havia baixado meio metro. Existiria canal entre os recifes? Seria muito útil verificar.

Briant quis observar a posição das rochas do mastro da mezena. Dirigiu-se para a proa do iate, pegou os ovéns de estibordo e, à força dos pulsos, ergueu-se até as barras.

Através do banco de recifes, desenhava-se uma passagem, cuja direção era marcada pelas pontas que emergiam de cada lado e que conviria seguir, caso se tentasse atingir a praia, embarcando-se na canoa. Mas havia ainda muitos redemoinhos nas superfícies dos recifes. A embarcação teria sido, infalivelmente, lançada sobre alguma ponta. Mais valia esperar que menor volume de água deixasse passagem viável.

Do alto das barras, Briant teve oportunidade de fazer um reconhecimento mais exato do litoral. Passeou seu binóculo ao longo da praia e até ao pé da falésia. A costa parecia ser inteiramente desabitada entre os dois promontórios, que distavam um do outro cerca de quinze quilômetros. Depois de meia hora de observação, desceu e veio prestar contas a seus companheiros daquilo que vira. Enquanto Doniphan, Wilcox, Webb e Cross fingiram nem escutá-lo, permanecendo em silêncio, o mesmo não aconteceu com Gordon, que lhe perguntou.

— Quando o *Sloughi* encalhou, Briant, não eram aproximadamente seis horas da manhã?

— Sim.

— E quanto tempo será preciso para que a maré baixe?

— Cinco horas, creio. Não é, Moko?

— Sim... de cinco a seis horas — respondeu o grumete.

— Então seria às onze horas, mais ou menos — continuou Gordon, — o momento mais favorável para tentar atingir a costa?

— Foi isso que calculei — respondeu Briant.

— Bem — tornou Gordon, — vamos nos aprontar para esse momento e tratemos de comer algo. Se formos obrigados a entrar na água, ao menos iremos fazê-lo algumas horas depois da refeição.

Ocuparam-se todos, então, do café da manhã, composto de conservas e biscoitos. Briant teve o cuidado de zelar particularmente pelos pequenos Jenkins, Iverson, Dole e Costar, que com aquela inconsciência natural de sua idade, começavam a tranqüilizar-se e comerem sem qualquer moderação, pois nada tinham comido há vinte e quatro horas. Mas tudo se passou bem e algumas gotas de aguardente misturadas à água forneceram bebida reconfortante. Depois Briant voltou à proa da escuna e ali, debruçado sobre o pavês, pôs-se a observar os recifes. Com que vagar se efetuava a baixa da maré! Era visível, entretanto, que seu nível descia, pois a inclinação do iate acentuava-se. Moko, com o uso de sonda, verificou que havia ainda pelo menos três metros de água sobre o banco.

Briant foi então conversar com Gordon a tal respeito. Ambos compreenderam bem que o vento, embora se tivesse desviado um pouco para o norte, impedia o mar de baixar tanto quanto poderia em tempo calmo.

— Que faremos? — disse Gordon.

— Não sei... não sei! — respondeu Briant.

— A necessidade nos ensinará! — replicou Gordon. — Não desesperemos, Briant, e ajamos com prudência!...

— Sim, ajamos, Gordon! Se não abandonarmos o *Sloughi* antes da volta da maré, se for ainda preciso ficar uma noite a bordo, estaremos perdidos...

— É mais do que evidente! O iate ficará em pedaços! Devemos deixá-lo a qualquer preço...

— Sim, a qualquer preço, Gordon!
— Não seria oportuno construirmos uma jangada?
— Já tinha pensado nisso — respondeu Briant. — Por infelicidade, todos os paus foram carregados pela tempestade. Resta a canoa, da qual não nos podemos servir porque o mar está ainda muito forte! Não! O que se poderia tentar seria levar um cabo através do banco de recifes e amarrá-lo pela extremidade à ponta de uma rocha. Talvez então possamos ir até a praia agarrados a ele...
— E quem levará tal cabo?
— Eu — respondeu Briant.
— Eu o ajudarei! — disse Gordon.
— Não, eu vou sozinho!... — replicou Briant.
— Leva a canoa?
— Correríamos o risco de perdê-la, Gordon, e é melhor conservá-la como último recurso!

Entretanto, antes de pôr em execução o perigoso projeto, Briant quis tomar precaução útil, a fim de enfrentar qualquer eventualidade. Havia a bordo algumas bóias de natação. Obrigou os pequenos a se munirem delas imediatamente.

Por perigosa que fosse sua tentativa, Briant não quis deixar a ninguém o cuidado de substituí-lo e, por conseguinte, tomou as iniciativas.

Havia a bordo vários cabos de mais de trinta metros de comprimento que são empregados para amarras ou reboques. Briant escolheu entre eles um de grossura média que lhe pareceu conveniente e cuja extremidade amarrou à própria cintura.

— Vamos! — gritou Gordon. — Venham todos para desenrolar o cabo! Venham para a proa.

Doniphan, Wilcox, Cross e Webb não podiam recusar ajudar em uma operação, cuja importância compreendiam. Assim, fossem quais fossem suas disposições, prepararam-se para desenrolar o cabo, que seria preciso afrouxar aos poucos, a fim de poupar as forças de Briant.

— *Puxem!* — *comandou Gordon.*

No momento em que este ia se aproximando do mar, seu irmão exclamou:

— Irmão!... Irmão!...

— Não tenha medo, Jacques! — respondeu Briant.

Instantes depois, era visto à superfície das águas nadando com vigor, enquanto que o cabo se desenrolava atrás de si.

Mesmo em mar calmo, a manobra teria sido difícil, pois a ressaca assolava violentamente a costa semeada de rochas. Correntes e contracorrentes impediam o audacioso menino de manter-se em linha reta, e, quando elas o envolviam, tinha dificuldade extrema de escapar-lhes.

Briant, todavia, aproximava-se cada vez mais da praia, enquanto seus camaradas desenrolavam o cabo à medida do necessário. Mas era visível que suas forças começavam a esgotar-se, embora estivesse apenas a vinte metros da escuna. À sua frente fervilhava um redemoinho, produzido pelo encontro de duas vagas contrárias. Se conseguisse desviar-se, talvez atingisse seu alvo, uma vez que o mar estava, mais além, menos agitado. Então, tentou atirar-se sobre a esquerda, por violento esforço. Mas sua tentativa foi infrutífera. Um nadador vigoroso, com toda a força da idade, não teria conseguido. Preso pelas águas, Briant foi irresistivelmente atraído para o centro do redemoinho.

— Socorro!... Puxem!... Puxem!... — teve ainda forças para gritar, antes de desaparecer.

A bordo do iate o pavor foi imenso.

— Puxem! — comandou friamente Gordon.

Os rapazes apressaram-se a enrolar novamente o cabo, a fim de trazer Briant à tona, antes que longa imersão o tivesse afogado. Em menos de um minuto, Briant foi içado para a ponte, sem consciência. Mas voltou a si prontamente nos braços de seu irmão.

A tentativa, tendo por fim estabelecer um cabo sobre a superfície dos recifes, havia fracassado. Ninguém a poderia tentar de novo com probabilidade de êxito. Aqueles meninos infelizes estavam, portanto, condenados a esperar... Esperar o quê?... Socorro?... E de que lado e de quem lhes poderia vir?

Era então mais de meio-dia. A maré crescente fazia-se já notar e a ressaca aumentava. E, como era lua nova, as ondas seriam mais violentas do que na véspera. Assim, por pouco que o vento soprasse do largo, a escuna arriscava-se a ser suspensa do seu leito de rochas... Seria novamente açoitada pelo mar e soçobraria na superfície dos recifes!... Ninguém poderia sobreviver a esse desenlace trágico!

Todos na popa, os pequenos cercados pelos grandes, olhavam o mar que subia, à medida que as pontas das rochas desapareciam uma após outra. Por desgraça, o vento voltava a soprar do oeste e, como na noite precedente, fustigava a terra. Com a água mais profunda, as ondas mais altas cobriam o *Sloughi* com seus salpicos e não tardariam a quebrar-se contra ele. Só Deus poderia vir em auxílio dos jovens náufragos. Suas preces misturavam-se aos gritos de pavor.

Um pouco antes de duas horas, a escuna, levantada pela maré, não adernava mais sobre o bombordo. E, em conseqüência da arfada, a proa chocava-se contra o leito dos recifes, enquanto seu cadaste estava ainda fixo entre as rochas. Em breve, as pancadas sucederam-se sem tréguas e o *Sloughi* rolou de um bordo a outro. Os meninos tiveram que se segurar uns aos outros para não serem jogados para fora.

Neste momento, montanha espumante, vinda do mar alto, ergueu-se a quatrocentos metros do iate. Dir-se-ia a vaga de um macaréu, cuja altura ultrapassava sete metros. Chegou com fúria de uma torrente, cobriu em cheio o banco de recife, levantou o *Sloughi* e arrastou-o por cima das rochas, sem que seu casco lhes tocasse sequer.

Em menos de um minuto, no meio da massa de água, o *Sloughi*, transportado até ao centro da praia, foi mergulhar numa duna de areia a sessenta metros das primeiras árvores agrupadas na base da falésia. E, ali, ficou imóvel, sobre terra firme desta vez, enquanto o mar, ao retirar-se, deixava toda a praia a seco.

3
AGONIA EM AUCKLAND

Naquela época, o Pensionato Chairman era dos mais conceituados na cidade de Auckland, capital da Nova Zelândia, importante colônia inglesa do Pacífico. Ali estudava uma centena de alunos, pertencentes às melhores famílias da região. Os maoris, que são os indígenas do arquipélago, não podiam ali matricular seus filhos, para os quais outras escolas eram reservadas. No Pensionato Chairman havia unicamente jovens ingleses, franceses, americanos e alemães, filhos dos proprietários, rendeiros, negociantes ou funcionários da colônia. Ali recebiam educação completa, idêntica, àquela que era ministrada nos estabelecimentos similares do Reino Unido.

O arquipélago da Nova Zelândia compõe-se de duas ilhas principais: no norte, Ika-Na-Mawi, ou ilha do Peixe; ao sul, Tawaï-Ponamu, ou Terra do Jade Verde. Separadas pelo estreito de Cook, situam-se entre o trigésimo-quarto e o quadragésimo-quinto paralelo sul — posição equivalente à que ocupa no hemisfério boreal a parte da Europa que compreende a França e o norte da África.

A ilha de Ika-Na-Mawi, muito retalhada em sua parte meridional, forma uma espécie de trapézio irregular, que se prolonga em direção ao noroeste, seguindo curva terminada pelo cabo Van-Diemen.

É mais ou menos onde nasce esta curva, num ponto em que o istmo mede somente algumas milhas, que está construída Auckland. A cidade está portanto situada como Corinto, na Grécia — o que lhe valeu o cognome de Corinto do Sul. Possui dois

O Pensionato Chairman.

portos abertos, um a oeste, outro a leste. Sendo este último, sobre o golfo Hauraki, pouco profundo, foi preciso projetar alguns daqueles compridos píeres à moda inglesa, onde os navios de tonelagem mediana atracam. Entre outros, há o Cais do Comércio, no qual termina a rua da Rainha, uma das principais da cidade.

É no meio desta rua, aproximadamente, que se encontra o Pensionato Chairman.

Ora, a quinze de fevereiro de 1860, de tarde, saía do dito colégio uma centena de jovens acompanhados de seus pais, ar alegre, andar feliz, como pássaros cuja gaiola acabasse de ser aberta. Era o começo das férias. Dois meses de independência, dois meses de liberdade. E, para certo número de alunos, havia também a perspectiva de viagem por mar, da qual já se falava há muito no Pensionato Chairman. É inútil acrescentar quanta inveja provocavam aqueles a quem a boa sorte ia permitir embarcar a bordo do iate *Sloughi*, que se preparava para visitar as costas da Nova Zelândia num passeio de circunavegação.

A linda escuna, fretada pelos pais dos alunos, fora preparada para viagem de seis semanas. Pertencia ao pai de um deles, William H. Garnett, antigo capitão de marinha mercante, merecedor de inteira confiança. Uma subscrição, dividida entre as diversas famílias, deveria cobrir as despesas da viagem, que se efetuaria nas melhores condições de segurança e conforto. Era uma grande alegria para tais rapazes e seria difícil empregar melhor algumas semanas de férias.

Os alunos que deviam tomar parte na excursão do *Sloughi* pertenciam às diversas divisões do Pensionato Chairman. Como se observou a bordo da escuna, havia-as desde a idade de oito até à de catorze. E aqueles quinze rapazes, inclusive o grumete, iam ser arrastados para longe e por muito tempo para terríveis aventuras!

Com exceção dos irmãos Briant, franceses, e de Gordon, americano, todos os outros eram de origem inglesa. Doniphan e Cross pertencem a família de ricos proprietários que ocupam a primeira linha na sociedade de Nova Zelândia. Com treze anos e alguns

Doniphan.

meses, são primos e ambos fazem parte da quinta divisão. Doniphan, elegante e cuidadoso consigo mesmo, é de todos, sem contestação, o aluno mais distinto. Inteligente e estudioso, faz questão de não decair, tanto pelo gosto de instruir-se como pelo desejo de ser superior a seus colegas e seus camaradas. Certa arrogância aristocrática valeu-lhe o apelido de "Lorde Doniphan". E seu caráter imperioso leva-o a querer dominar em toda a parte onde se encontre. Daí vem, entre Briant e ele, aquela rivalidade que remonta há vários anos e que se acentuou, sobretudo, desde que as circunstâncias fizeram crescer a influência de Briant sobre os companheiros. Quanto a Cross, é aluno medíocre, mas cheio de admiração por tudo o que pensa, diz ou faz seu primo Doniphan.

Baxter, da mesma divisão, de treze anos, rapaz frio, refletido, trabalhador, muito engenhoso, com grande habilidade manual, é filho de um comerciante de modesta posição financeira.

Webb e Wilcox, com doze anos e meio, contam-se entre os alunos da quarta divisão. De inteligência mediana, bastante voluntariosos e de gênio rixento, sempre se mostraram muito exigentes quanto à submissão dos calouros. Suas famílias são ricas e têm nível elevado na magistratura do país.

Garnett, da terceira divisão como seu camarada Service — ambos com doze anos — são filhos um de um capitão de marinha da reserva e o outro de um colono abastado, que residem na Costa Norte, na margem setentrional do porto de Waitemala. As duas famílias são muito unidas e desta intimidade resulta que Garnett e Service são inseparáveis. Eles têm bom coração mas pouco amor ao trabalho, e, se lhes dessem liberdade de sair, eles nunca estariam em casa. Garnett é sobretudo apaixonado — paixão lamentável – pelo acordeão, tão apreciado pela marinha inglesa. Assim, na qualidade de filho de marinheiro, toca em seus momentos de lazer o instrumento de sua predileção e não esqueceu de levá-lo para bordo do *Sloughi*. Quanto a Service, é, sem dúvida, o mais alegre, o mais estouvado do bando, o verdadeiro palhaço do Pensionato Chairman, só pensando em aventuras e

Baxter.

viagens e alimentando-se exuberantemente no *Robinson Crusoé* e no *Robinson Suíço*, dos quais faz sua leitura favorita.

É preciso citar ainda outros meninos, de nove anos de idade. O primeiro, Jenkins, é filho do diretor da sociedade de ciências, a Real Sociedade de Nova Zelândia; o outro, Iverson, é filho do pastor da igreja metropolitana de São Paulo. Embora estejam ainda na terceira e na segunda divisões são citados entre os bons alunos do Pensionato.

A seguir vêm dois meninos, Dole, oito anos e meio, e Costar, oito anos, ambos filhos de oficiais do exército anglo-zelandês, que habitam a pequena cidade de Ouchunga, a seis milhas de Auckland, no litoral do porto de Manukau. São daqueles garotos de quem nada se diz a não ser que Dole é muito teimoso e Costar muito guloso. Se não brilham muito na primeira divisão, não se julgam menos adiantados, porque já sabem ler e escrever — não havendo lugar para envaidecer-se de outra coisa na sua idade.

Como se vê, todos estes meninos pertencem a famílias honoráveis, fixadas há muito tempo na Nova Zelândia.

O americano é Gordon, com catorze anos. Sua figura e seus modos estão marcados com certa rudeza ianque. Embora um pouco esquerdo, um pouco pesado, é evidentemente o mais sensato dos alunos da quinta divisão. Se não tem o brilho de Doniphan, possui espírito justo e senso prático. Tem gosto pelas coisas sérias. É caráter observador e temperamento frio. Metódico até a minúcia, ordena as idéias em seu cérebro como os objetos em sua escrivaninha, onde tudo é classificado, etiquetado, anotado em livro especial. Em suma, seus colegas estimam-no, reconhecem suas qualidades e, se bem que não seja inglês de nascimento, foi sempre bem acolhido. Gordon é originário de Boston. Órfão de pai e mãe, não tem outro parente a não ser seu tutor, antigo agente consular que, depois de fazer fortuna, fixou-se na Nova Zelândia e, desde alguns anos, mora numa daquelas lindas vilas espalhadas pelas colinas, perto da aldeia do Monte de São João.

Os dois meninos franceses, Briant e Jacques, são filhos de distinto engenheiro, que veio, há dois anos e meio, tomar a direção de grandes obras de drenagem dos pântanos do centro de Ika-

Gordon.

Na-Mawi. O mais velho tem treze anos. Pouco trabalhador, apesar de muito inteligente, acontece-lhe sempre ser um dos últimos da quinta divisão. Entretanto, quando quer, com sua facilidade de assimilação, sua memória notável, sobe para o primeiro lugar e é disto que Doniphan demonstra o maior ciúme. Por isso, Briant e ele nunca estiveram em bom entendimento no Pensionato Chairman e as conseqüências de tal desacordo já foram observadas a bordo. Depois, Briant é audacioso, empreendedor, apto nos exercícios físicos, vivo na réplica, serviçal, bom rapaz e, não tendo nada do orgulho de Doniphan, um pouco negligente no trajar. Em uma palavra: muito francês e, por isso mesmo, muito diferente de seus colegas ingleses. Aliás, muitas vezes protegeu os mais fracos contra o abuso que os grandes faziam da força e naquilo que lhe diz respeito jamais quis submeter-se às obrigações impostas aos calouros. Daí as resistências, as lutas, as batalhas, das quais, graças ao seu vigor e à sua coragem, quase sempre saiu vencedor.

De modo geral, é querido e, quando se tratou da direção do *Sloughi*, seus colegas, com algumas poucas exceções, não hesitaram em obedecer-lhe, tanto mais que, como se sabe, ele adquirira alguns conhecimentos náuticos durante sua travessia da Europa à Nova Zelândia.

O mais novo, Jacques, era considerado até então como o mais travesso da terceira divisão — senão de todo o Pensionato Chairman, sem excluir Service, — inventando sem cessar novas burlas, pregando peças condenáveis a seus colegas, e fazendo-se punir mais do que o conveniente. Mas, como se verá, seu gênio modificou-se inteiramente, desde a partida do iate, sem que se soubesse o motivo.

Tais são os jovens que a tempestade acabava de jogar sobre uma das terras do oceano Pacífico.

Durante o passeio de algumas semanas ao longo das costas da Nova Zelândia, o *Sloughi* devia ser comandado pelo seu proprietário, o pai de Garnett, um dos mais audaciosos navegadores das paragens da Austrália. Quantas vezes a escuna fora vista no litoral da Nova Caledônia, da Nova Holanda, desde o estreito de Torres até às pontas meridionais da Tasmânia e até nos mares das

Os irmãos Jacques e Briant.

Molucas, das Filipinas e das Célebes, tão funestas por vezes a embarcações de maior tonelagem! Mas era um iate solidamente construído e que resistia bem ao mar, mesmo no mau tempo.

A equipagem compunha-se de um mestre, seis marinheiros, um cozinheiro e um grumete, Moko, menino negro de doze anos, cuja família estava já há muito tempo ao serviço de um colono da Nova Zelândia. É preciso mencionar um belo cão de caça, Fido, de raça americana, que pertencia a Gordon e não largava jamais seu dono.

O dia da partida fora fixado para quinze de fevereiro. Enquanto esperava, o *Sloughi* permanecia amarrado pela popa na extremidade do Cais do Comércio e, conseqüentemente, bastante ao largo no porto.

A equipagem não estava a bordo quando, no dia catorze, à tarde, os jovens passageiros foram embarcar. O capitão Garnett só devia chegar no momento de aparelhar. Apenas o mestre e o grumete receberam Gordon e seus colegas, tendo os homens ido beber o último copo de uísque. E, mesmo depois que todos estavam instalados e deitados, o mestre julgou poder reunir-se à sua equipagem num dos cabarés do porto, onde cometeu o erro imperdoável de demorar-se até hora avançada da noite. Quanto ao grumete, descera ao porão para dormir.

O que se passou então? Muito provavelmente nunca se há de saber. O que é certo é que a amarra do iate foi desamarrada, ou por negligência ou por maldade... A bordo ninguém percebeu. Noite escura envolvia o porto e o golfo Hauraki. O vento de terra soprava com força e a escuna, arrastada por uma corrente de refluxo que conduzia ao largo, pôs-se a fugir para o mar alto. Quando o grumete acordou, o *Sloughi* jogava como se fosse embalado por onda que não se confundia com o movimento natural dos portos. Moko correu para a ponte. O iate estava à deriva!

Aos gritos do grumete, Gordon, Briant, Doniphan e alguns outros, atirando-se fora de seus beliches, lançaram-se para a coberta. Em vão gritaram por socorro. Não enxergavam uma só das luzes da cidade ou do porto. A escuna estava já em pleno golfo, a três milhas da costa.

No primeiro instante, pelos conselhos de Briant, a quem se uniu o grumete, os meninos tentaram colocar uma vela, a fim de voltar ao porto. Mas, pesada demais para ser convenientemente orientada, a vela só teve o efeito de arrastá-los para mais longe ainda, porque apanhava vento de oeste. O *Sloughi* dobrou o cabo Colville, transpôs o estreito que o separa da ilha da Grande Barreira e encontrou-se em breve a várias milhas da Nova Zelândia.

Compreende-se a gravidade de tal situação. Briant e seus colegas não podiam mais esperar qualquer socorro de terra. No caso em que algum navio do porto se pusesse a sua procura, várias horas se passariam antes que pudesse encontrá-los, admitindo-se que fosse possível encontrar a escuna no meio da escuridão profunda. Mesmo com o dia, como seria perceptível uma embarcação tão pequena perdida em alto-mar? Restava, é verdade a probabilidade de ser encontrado por embarcação com roteiro para um dos portos da Nova Zelândia. Foi por isso, por mais problemática que fosse tal eventualidade, que Moko se apressou a içar uma lanterna no alto do mastro da mezena. E, depois, era só aguardar amanhecer.

Quanto aos pequenos, como o tumulto não os havia acordado, pareceu-lhes melhor deixá-los dormir. Seu medo só poderia pôr desordem a bordo.

Entretanto, várias tentativas foram ainda feitas para colocar o *Sloughi* de novo ao vento. Mas sempre sem êxito, e ele continuou a derivar rapidamente para o leste.

Súbito, uma luz foi assinalada a duas ou três milhas. Era uma luz branca na extremidade de um mastro, sinal distintivo dos vapores em marcha. Em breve, duas luzes verde e vermelha apareceram e, como eram visíveis ao mesmo tempo de ambos os lados, significava que o vapor dirigia-se em linha reta sobre o iate.

Os meninos gritaram de aflição inutilmente. O barulho das ondas, o apito, o zunir, tudo se reunia para que suas vozes se perdessem no ar. Todavia, se não podiam ouvi-los, os marinheiros de ronda não perceberiam a lanterna do *Sloughi*? Era a última esperança.

Por desgraça, num movimento da arfada, a adriça partiu-se, a lanterna caiu ao mar e nada mais indicava a presença do *Sloughi*, em cuja direção o vapor corria com boa velocidade. Em poucos segundos, o iate foi abalroado e teria soçobrado no mesmo instante se fosse apanhado pelo flanco. Mas a colisão deu-se somente na popa e só demoliu parte do quadro sem tocar no casco. O choque fora tão fraco, que, deixando o *Sloughi* à mercê de tempestade próxima, o vapor continuou seu roteiro.

Demasiadas vezes, os capitães não se preocupam em socorrer a embarcação com a qual se chocam. É conduta criminosa, da qual existem exemplos numerosos. Mas, neste caso, era admissível que a bordo do vapor não se sentisse colisão com o iate leve e que não fora visto.

Então, carregados pelo vento, os meninos julgaram-se perdidos. Quando o dia nasceu, a imensidão estava deserta. Naquele trecho pouco freqüentado do Pacífico, os navios, que vão da Austrália para a América, ou vice-versa, seguem rotas mais meridionais ou mais setentrionais. Nenhum passou à vista do iate. A noite veio, ainda mais feia, e, se houve abrandamento nas rajadas, o vento não deixou de soprar do oeste. Em vão tentaram manobrar de modo a fazer voltar a escuna às paragens neozelandesas! Faltava-lhes o saber para modificar seu andamento e a força para instalar suas velas.

Foi nestas condições que Briant, desenvolvendo energia superior à sua idade, começou a ter sobre os colegas aquela influência que o próprio Doniphan teve que sofrer. Se, ajudado por Moko, não conseguiu fazer com que o iate voltasse para oeste, pelo menos empregou um pouco do que sabia para mantê-lo em condições suficientes de navegabilidade. Não se poupou, velou noite e dia, o olhar perscrutando obstinadamente o horizonte para encontrar probabilidade de salvação. Teve também o cuidado de lançar ao mar algumas garrafas com documento relativo ao *Sloughi*. Recurso fraco, sem dúvida, mas que não quis desprezar.

Os meninos gritaram aflitos inutilmente.

Entretanto, os ventos do oeste empurravam sempre o iate através do Pacífico, sem que fosse possível conter sua marcha nem mesmo diminuir sua velocidade. Alguns dias depois de ter a escuna sido arrastada para fora da barra do golfo Hauraki, armou-se uma tempestade que se desencadeou durante duas semanas com impetuosidade extraordinária. Assaltado pelas vagas monstruosas, depois de escapar cem vezes de ser esmagado pela violência do mar — o que teria acontecido não fora sua sólida construção e suas qualidades náuticas, — o *Sloughi* veio dar à costa, em terra desconhecida, no oceano Pacífico.

E, agora, qual seria a sorte daquele pensionato de náufragos, a mil e oitocentas léguas da Nova Zelândia? Suas famílias só podiam supor que eles tivessem sido tragados pelo mar juntamente com a escuna.

Em Auckland, quando o desaparecimento do *Sloughi* foi conhecido, na mesma noite de quatorze para quinze de fevereiro, o capitão Garnett e as famílias dos outros meninos foram prevenidos. Inútil insistir sobre o efeito que tal acontecimento produziu na cidade, onde a consternação foi geral.

Sem perder um instante, o diretor do porto tomou as medidas necessárias para socorrer o iate. Dois pequenos vapores saíram a fazer pesquisas num espaço de várias milhas fora do golfo Hauraki. Durante à noite inteira, percorreram tais paragens, onde o mar começava a tornar-se muito forte. E, chegando o dia, quando voltaram, estava morta toda a esperança das famílias chocadas pela pavorosa catástrofe.

Com efeito, se não tinham encontrado o *Sloughi*, tais vapores tinham-lhe ao menos recolhido os destroços. Eram os restos da amurada caídos ao mar, depois da colisão com o vapor peruano *Quito*.

Sobre tais restos havia ainda três ou quatro letras do nome de *Sloughi*. Pareceu, portanto, certo que o iate fora demolido pela ação violenta do mar e que, depois, corpos e bens se tivessem perdido a uma dúzia de milhas ao largo da Nova Zelândia.

4
SITUAÇÃO DOS NÁUFRAGOS

A costa era deserta, como tinha verificado Briant quando em observação sobre as barras do mastro da mezena. Fazia uma hora que a escuna jazia sobre o monte de areia e nenhum indígena fora assinalado ainda. Nem sob as árvores que se agrupavam à frente da falésia, nem junto às bordas do rio, cheio das águas da maré crescente, via-se uma casa, uma cabana, uma palhoça. Nem mesmo uma pegada humana na superfície da areia, em cuja margem havia um cordão de algas lançadas pelo mar. Na embocadura do pequeno rio, nenhuma embarcação de pesca. Enfim, nenhuma fumaça contorcendo-se no ar em todo o perímetro da baía, compreendido entre os dois promontórios, do sul e do norte.

Em primeiro lugar, Briant e Gordon tiveram o pensamento de se aprofundar através do arvoredo a fim de alcançar a falésia e subi-la se fosse possível.

— Estamos em terra e já é alguma coisa! — disse Gordon. — Mas que terra é esta que parece desabitada?...

— O importante é que ela não seja inabitável — respondeu Briant. — Temos provisões e munições para algum tempo. Falta-nos apenas abrigo e é preciso encontrar um... ao menos para os pequenos...

— Sim!... Tem razão!... — respondeu Gordon.

— Quanto a saber onde estamos — continuou Briant, — haverá tempo de nos ocuparmos disso, quando tivermos obtido o mais urgente! Se é um continente, talvez haja alguma probabilidade de sermos socorridos! Se é uma ilha!... Uma ilha desabitada... bem, veremos! Venha, Gordon, vamos à descoberta.

Ambos atingiram rapidamente o limite do arvoredo, que se estendia obliquamente entre a falésia e a margem direita do rio, trezentos ou quatrocentos passos acima da embocadura. No bosque não havia indício algum de homem, nenhuma picada, nenhuma senda. Velhos troncos caídos pela idade jaziam sobre o solo e Briant e Gordon afundavam-se até aos joelhos no tapete de folhas mortas. Todavia, os pássaros fugiam medrosos, como se já tivessem aprendido a desconfiar dos homens. Era provável, assim, que a costa, se não fosse habitada, recebesse acidentalmente a visita dos indígenas de algum território vizinho.

Em dez minutos, os dois meninos atravessaram o bosque, cuja espessura aumentava à aproximação do rochedo, que se erguia como muralha a pique, a uma altura média de sessenta metros. A base da rocha apresentava certa saliência na qual seria possível encontrar algum abrigo. Ali, com efeito, uma caverna, protegida contra os ventos do largo pela cortina de árvores e fora dos ataques do mar, mesmo no mau tempo, ofereceria excelente refúgio. Ali, os jovem náufragos poderiam instalar-se provisoriamente, aguardando que exploração mais séria da costa lhes permitisse aventurar-se com segurança até ao interior da região.

Infelizmente, na pedra abrupta qual muro de fortaleza, Gordon e Briant não descobriram nenhuma gruta, nem mesmo corte pelo qual se pudesse subir até sua crista. Para chegar ao interior do território seria preciso, provavelmente, contornar a falésia, cuja disposição Briant havia verificado quando a observava das barrás do *Sloughi*.

Durante meia hora, aproximadamente, ambos voltaram a descer para o sul, contornando a base da falésia. Atingiram então a margem direita do rio, que subia sinuosamente na direção do leste. Se a margem era sombreada de belas árvores, a outra ladeava território de aspecto muito diferente,

Que terra é esta que parece desabitada?

sem verdura e sem acidentes de terreno. Dir-se-ia vasto pântano, que se estendia até o horizonte do sul.

Decepcionados em sua esperança, não tendo podido subir ao alto da falésia, donde, sem dúvida, lhes teria sido permitido descortinar a região num raio de várias milhas, Briant e Gordon voltaram até o *Sloughi*. Doniphan e alguns outros iam e vinham sobre as rochas, enquanto que Jenkins, Iverson, Dole e Costar divertiam-se em apanhar conchinhas.

Numa conversa que tiveram com os maiores, Briant e Gordon deram a conhecer o resultado de suas explorações. Na expectativa de que as investigações pudessem ser levadas mais longe, pareceu conveniente não abandonar a escuna. Se bem que ela estivesse avariada no fundo e tombasse muito para bombordo, poderia servir de moradia provisória ali mesmo onde encalhara. Se a ponte estava aberta na proa, sobre o posto da equipagem, o salão e os camarotes da popa ofereciam, ao menos, abrigo suficiente contra os temporais. Quanto à cozinha, nada havia sofrido com a queda sobre os recifes — para grande satisfação dos pequenos, aos quais as refeições interessavam particularmente.

O melhor era, portanto, morar provisoriamente a bordo do *Sloughi*. E foi o que se fez naquele dia mesmo. Uma escada de corda, aplicada sobre o estibordo, do lado em que o iate se inclinava, permitiu aos grandes e aos pequenos alcançar as cobertas da ponte. Moko, que sabia um pouco de cozinha, na sua qualidade de grumete, ajudado por Service, que gostava de comer, ocupou-se em preparar uma refeição. Todos comeram com apetite e mesmo Jenkins, Iverson, Dole e Costar entregaram-se a alguma alegria. Somente Jacques Briant, outrora o pavor do pensionato, continuava a manter-se isolado. Tal mudança em seu caráter e seus hábitos era para surpreender.

Enfim, muito fatigados, depois de tantos dias e tantas noites passados no meio de mil perigos da tempestade, todos só pensaram em dormir. Os pequenos espalharam-se pelos

Moko, Service e Garnett preparam a primeira refeição.

camarotes do iate, onde os grandes não tardaram a vir a seu encontro. Todavia Briant, Gordon e Doniphan quiseram velar alternadamente. Temiam a aparição de algum bando de feras ou mesmo de algum grupo de indígenas que não seriam menos temíveis. Nada aconteceu, no entanto. A noite passou-se sem alertas e, logo que o sol apareceu, depois de uma oração de agradecimento a Deus, todos ocuparam-se dos trabalhos exigidos pelas circunstâncias.

Primeiramente foi preciso inventariar as provisões de bordo, depois o material, compreendendo armas, instrumentos, utensílios, vestimentas e ferramentas. A questão da alimentação era a mais grave, pois a costa parecia deserta. Os recursos ali seriam limitados aos produtos da pesca e da caça, se houvesse. Até então, Doniphan, que era exímio caçador, não percebera senão numerosos bandos de aves na superfície dos recifes e das rochas do areal. Mas seria lamentável se ficassem limitados a alimentar-se das aves marinhas. Era preciso, desde logo, saber quanto tempo durariam as provisões da escuna administrando-as com cuidado.

Ora, feita a verificação, salvo os biscoitos, de que havia considerável provisão, conservas, presunto, lingüiças, carnes salgadas, latas de guisados, viram que não chegariam senão para dois meses, mesmo sendo tudo usado com extrema parcimônia. Assim, desde o princípio, conviria recorrer à produção da terra, a fim de economizar as provisões, no caso de ser necessário transpor algumas centenas de milhas para atingir os portos do litoral ou as cidades do interior.

— Tomara que estas conservas não estejam deterioradas! — observou Baxter. — Se a água do mar penetrou no porão depois que encalhamos...

— É o que veremos, abrindo as caixas que nos pareçam avariadas... — respondeu Gordon. — Talvez se fervêssemos de novo seu conteúdo pudéssemos usá-las...

— Eu me encarrego disso — respondeu Moko.

Jenkins, Iverson, Dole e Costar divertiam-se apanhando conchinhas.

— E não demore a pôr-se ao trabalho — continuou Briant, — pois, durante os primeiros dias, seremos forçados a viver das provisões do *Sloughi*.

— E por que não, a partir de hoje — disse Wilcox, — visitar as rochas que se elevam ao norte da baía e ali recolher ovos?

— Sim!... Sim!... — exclamaram Dole e Costar.

— E por que não pescar? — acrescentou Webb. — Não haverá linhas a bordo e peixe no mar? Quem quer ir à pesca?

— Eu!... Eu!... — exclamaram os pequenos.

— Bem!... Bem!... — respondeu Briant. — Mas não se trata de brincar. Só daremos linhas aos pescadores sérios!...

— Fique tranqüilo, Briant! — respondeu Iverson. — Nós o faremos como dever...

— Bem, mas comecemos por inventariar o que contém nosso iate — disse Gordon. — Não devemos só pensar em comer...

— Podíamos também recolher mariscos para o almoço! — observou Service.

— Seja! — respondeu Gordon. — Vão os pequenos em grupos de três e quatro! Moko os acompanhará.

— Sim, senhor Gordon.

— E tomará conta deles! — acrescentou Briant.

— Não tenha medo!

O grumete, com o qual se podia contar, rapaz muito serviçal, muito hábil, muito corajoso, devia prestar grandes serviços aos jovens náufragos. Era especialmente devotado a Briant, que, por seu lado, não escondia a simpatia que lhe inspirava Moko — simpatia da qual seus camaradas anglo-saxões teriam vergonha, sem dúvida.

— Partamos! — exclamou Jenkins.

— Não os acompanha, Jacques? — perguntou Briant dirigindo-se a seu irmão.

Jacques respondeu negativamente.

Jenkins e Iverson recolheram boa provisão de moluscos.

Jenkins, Dole, Costar e Iverson partiram, sob a responsabilidade de Moko, e subiram ao longo dos recifes que o mar acabava de deixar a seco. Talvez, nos intervalos das rochas, pudessem recolher boa provisão de moluscos, amêijoas, mexilhões e, até, ostras.

Assim que o pequeno grupo se distanciou, os rapazes começaram a pesquisa a bordo do iate. Por um lado, Doniphan, Cross, Wilcox e Webb fizeram o recenseamento das armas, munições, trajes, objetos de quarto, ferramentas e utensílios de bordo. Por outro, Briant, Garnett, Baxter e Service anotaram a quantidade de bebidas, vinhos, uísques, aguardentes, gims, fechadas no fundo do porão, em barris com dez a quarenta galões cada um. À medida que cada objeto era inventariado, Gordon escrevia no seu livro, que estava cheio de anotações relativas às instalações da escuna e à sua carga.

Verificaram que havia um jogo completo de velas sobressalentes e massames de todas as espécies, sarja, cabos e maromas. Se o iate estivesse ainda em estado de navegar, nada lhe faltaria para estar inteiramente equipado. E se as lonas de primeira qualidade e os massames novos não deviam servir mais para a embarcação, poderiam ser utilizados em outros misteres. Alguns utensílios de pesca, redes e linhas de profundidade e de arrastão figuraram também no inventário e era material precioso, por pouco que abundasse o pescado naquelas paragens.

Em matéria de armas, eis o que foi inscrito no livro de Gordon: oito fuzis de caça, uma espingarda de longo alcance e uma dúzia de revólveres. Quanto às munições: trezentos cartuchos, dois tonéis de pólvora de vinte e cinco libras cada um e grande quantidade de chumbo, metal granulado e balas. Estas munições, destinadas a caçadas durante a permanência do *Sloughi* nas costas da Nova Zelândia, teriam maior utilidade ali para assegurar a vida em comum ou para defendê-la! O paiol continha também certa quantidade de foguetes destinados às comunicações durante a noite, trinta cartuchos e projéteis para abastecer os dois pequenos canhões do iate, dos quais, era de esperar, não seria preciso fazer uso para repelir algum ataque de indígenas. Quanto aos objetos de toucador, aos utensílios de cozinha, eram suficientes para as necessidades dos jovens náufragos, mesmo no caso em que sua estada se prolongasse. Se uma parte da louça tinha sido partida com o choque do *Sloughi* contra os recifes, ainda havia bastante para o serviço da copa e da mesa. Mais valia que as roupas de flanela, de lã, de algodão ou de linho fossem em quantidade tal que oferecessem a possibilidade de serem trocadas de acordo com as exigências da temperatura. Com efeito, se a terra se encontrasse na mesma latitude de Nova Zelândia, coisa provável, pois desde sua saída de Auckland a escuna tinha sempre sido levada pelos ventos do oeste, devia-se esperar por grandes calores durante o verão e grandes frios durante o inverno. Felizmente, havia a bordo boa quantidade de roupas. Além disso, as arcas da equipagem forneceram calças, blusões de lã, capotes impermeáveis e agasalhos grossos que seriam fáceis de adaptar ao corpo dos grandes e dos pequenos, o que permitiria enfrentar os rigores da estação hibernal. Os beliches estavam bem guarnecidos de colchões, lençóis, travesseiros e cobertores. Com relação a instrumentos de bordo, havia barômetros, termômetros, relógios, lunetas, bússola e um pequeno barco de borracha. Dispunham, ainda, de toda espécie de ferramentas, pregos e diversas ferragens.

A bordo encontravam-se também mapas em ponto grande, mas eram exclusivamente para as costas do arquipélago neozelandês — inúteis, por conseguinte, para aquelas paragens desconhecidas. Por felicidade, Gordon tinha trazido um daqueles Atlas gerais que incluem a geografia do Antigo e do Novo Mundo. A biblioteca do iate possuía certo número de bons trabalhos ingleses e franceses, sobretudo descrições de viagens e alguns livros antigos.

Havia ainda a bordo um calendário e material para escrever e um acordeão de Garnett.

Deve-se também mencionar a soma de quinhentas libras em ouro que foi encontrada no cofre forte do iate. Talvez o dinheiro tivesse seu emprego se os jovens náufragos conseguissem chegar a algum porto de onde pudessem repatriar-se.

Gordon encarregou-se de fazer levantamento minucioso dos diversos barris arrumados no porão. Vários deles, cheios de gim, cerveja ou de vinho, tinham-se avariado durante os choques contra os recifes e seu conteúdo havia vazado pelas frestas.

No porão da escuna havia ainda cem galões de clarete e xerez, aguardente e uísque e quarenta tonéis de cerveja inglesa, com vinte e cinco galões cada um, além de garrafas de vários licores.

Os quinze sobreviventes do *Sloughi* podiam dizer que a vida material lhes estava assegurada pelo menos durante certo tempo. Restava examinar se a terra forneceria alguns recursos que lhes permitissem economizar as reservas. Com efeito, se estivessem em uma ilha, não podiam esperar sair dali jamais, a menos que um navio aparecesse por aquelas paragens. Reparar o iate, restabelecer o arcabouço danificado no fundo, refazer os bordos, isso exigiria trabalho acima de suas forças e o emprego de ferramentas que não possuíam. Não podiam nem pensar em construir nova embarcação com os restos da antiga. Todavia, com as embarcações da escuna, não seria impossível chegar a qualquer outro continente, alguma outra ilha, que estivesse nas proximidades. Mas os dois botes tinham sido arrastados pela violência do mar e não havia a bordo senão a canoa, própria para navegar no máximo em torno da costa...

Perto do meio-dia, os pequenos, guiados por Moko, voltaram ao *Sloughi*. Acabaram por tornar-se úteis, metendo-se seriamente ao trabalho. Trouxeram uma boa provisão de mariscos que o grumete tratou de preparar. Quanto aos ovos, devia havê-los em grande quantidade, pois Moko verificara a presença de inúmeros pombos de rocha, da espécie comestível, tendo ninhos nas altas saliências da falésia.

— Bem — disse Briant, — uma destas manhãs, organizaremos uma caçada que poderá trazer bons resultados!

— Certamente — respondeu Moko, — e três ou quatro tiros nos darão dúzias destas pombas. Quanto aos ninhos, não será difícil pegá-los.

— Combinado — disse Gordon. — Esperemos que amanhã Doniphan queira dedicar-se à caça.

— Não quero outra coisa — respondeu Doniphan. — Webb, Cross e Wilcox virão comigo?...

— Com prazer! — responderam os três meninos, encantados de poder dar tiros contra aqueles milhares de pássaros.

— Entretanto — observou Briant, — recomendo não matar pombos demais! Nós sabemos encontrá-los quando precisarmos de novo. É importante não esperdiçar inutilmente o chumbo e a pólvora...

— Bom! Bom!... — respondeu Doniphan, que não suportava as observações, sobretudo quando vinham de Briant. — Não é a primeira vez que atiramos e não precisamos de conselhos!

Uma hora depois, Moko veio anunciar que o almoço estava pronto. Todos subiram às pressas para bordo da escuna e sentaram-se na sala de jantar. Em conseqüência da inclinação que tinha a escuna, a mesa tombava sensivelmente sobre bombordo. Mas isto não incomodava os garotos, habituados ao balanço do barco. Os mariscos, especialmente as amêijoas, foram apreciadíssimos e declarados excelentes, se bem que seu tempero deixasse a desejar. Mas, naquela idade, o apetite é sempre o melhor tempero. Biscoitos, bom pedaço de carne e água fresca completaram a refeição.

A tarde foi ocupada em diversos trabalhos na arrumação do porão e na seleção dos objetos que tinham sido inventariados. Durante esse tempo, Jenkins e seus pequenos camaradas ocuparam-se em pescar no rio, onde os peixes de diversas espécies formigavam. Depois, terminado o jantar, todos foram repousar, salvo Baxter e Wilcox, que deviam ficar de guarda até de manhã.

Assim se passou a primeira noite sobre aquela terra do oceano Pacífico.

5
ILHA DESCONHECIDA

Ilha ou continente? Era sempre a grave interrogação, com a qual se preocupavam Briant, Gordon e Doniphan, cujos caracteres e inteligência faziam deles verdadeiramente os chefes daquele pequeno mundo. Pensando no futuro, enquanto os mais jovens se apegavam ao presente, conversavam muitas vezes sobre a situação. Em todo caso, fosse a terra insular ou continental, era evidente que não pertencia à zona dos trópicos. Via-se pela sua vegetação – carvalhos, faias, bétulas, amieiros e abetos de todas as espécies, numerosas mirtáceas. Parecia que o território devia ser um pouco mais alto em latitude do que a Nova Zelândia. Os invernos deveriam ser muito rigorosos. Espesso tapete de folhas mortas cobria o solo, no bosque, que se estendia ao pé da falésia. Apenas os pinheiros e os abetos tinham conservado sua ramagem, que se renova a cada estação sem se despir jamais.

— Por isso — observou Gordon, no dia seguinte em que o *Sloughi* fora transformado em habitação, — parece-me prudente não nos instalarmos definitivamente nesta parte da costa.

— É o que penso — respondeu Doniphan. — Se aguardarmos o mau tempo, será tarde para alcançar algum local habitado. No mínimo teremos que fazer algumas centenas de milhas!

— Paciência! — replicou Briant. — Ainda não estamos senão na metade de março!

— Ora — continuou Doniphan, — o bom tempo pode durar até o fim de abril, e, em seis semanas, poderemos andar muito...

— Se houvesse caminho — contestou Briant.

— E por que não haverá?

— Sem dúvida! — interveio Gordon. — Mas se houver, saberemos aonde pode conduzir-nos?

— Só sei uma coisa — respondeu Doniphan, — é que é absurdo não sairmos da escuna antes da estação fria e das chuvas e para isso é preciso não pensar em dificuldades!

— Mais vale pensar antes — replicou Briant — do que nos aventurarmos como loucos através de região desconhecida!

— É muito fácil — contestou Doniphan com azedume — chamar de loucos àqueles que não compartilham sua opinião!

Talvez a resposta de Doniphan levasse a novas réplicas de seu companheiro e a conversa degenerasse em disputa, quando Gordon interveio:

— Não adianta discutir — disse, — e para sairmos de apuros comecemos por compreender-nos. Doniphan tem razão ao dizer que se estamos vizinhos de região habitada é preciso lá chegar sem demora. Mas Briant também não está errado em prever dificuldades.

— Que diabo, Gordon! — disse Doniphan. — Subindo para o norte, descendo para o sul e dirigindo-nos para o leste, acabaremos por chegar...

— Sim, se estivermos num continente — disse Briant, — mas não se estivermos em ilha deserta!

— É por isso — respondeu Gordon — que convém verificar o que é. Quanto a abandonar o *Sloughi*, sem estarmos certos de haver ou não um mar a leste...

— Oh! Será ele que nos abandonará! — exclamou Doniphan, sempre inclinado a persistir em suas idéias. — Não poderá resistir aos temporais do inverno em cima da areia!

— De acordo — disse Gordon. — Entretanto, antes de nos aventurarmos para o interior é preciso sabermos aonde vamos!

Eram tão evidentes as razões de Gordon, que Doniphan teve que se render de bom ou malgrado.

— Estou pronto a fazer reconhecimentos — disse Briant.

— Eu também — respondeu Doniphan.

— Todos estamos — acrescentou Gordon, — mas como seria imprudente arrastar os pequenos numa exploração que talvez seja longa e fatigante, dois ou três de nós bastarão.

— É pena — observou então Briant — que não haja colina alta em cujo topo se pudesse observar o território. Por infelicidade, estamos em terra baixa e não percebi uma só montanha, mesmo no horizonte. Parece que não há outras elevações a não ser a falésia que se ergue atrás da areia. Além, sem dúvida, são as florestas, as planícies, os pântanos, através dos quais corre este rio cuja embocadura já exploramos.

— Entretanto, seria útil examinar a região — respondeu Gordon — antes de tentar contornar a falésia, onde Briant e eu procuramos em vão uma caverna!

— Por que não ir ao norte da baía? — propôs Briant. — Parece-me que, escalando o promontório que a limita, poderemos ver ao longe!

— Foi precisamente o que pensei — respondeu Gordon.;

Naquele promontório, que pode ter cem metros, pode-se dominar a falésia.

— Eu me ofereço para ir lá... — disse Briant.

— Para quê? — perguntou Doniphan. — E o que poderíamos ver lá de cima?

— O que houver para ser visto!

Com efeito, na extremidade da baía, erguia-se amontoado de rochas; espécie de outeiro, cortado a pique do lado do mar. Do outro lado parecia emparelhar-se com a falésia. Do *Sloughi* até ao promontório a distância não seria mais do que quinze quilômetros seguindo-se a curva da praia e dez ou mais em linha reta. Ora, Gordon não devia enganar-se muito, calculando em cem metros acima do nível do mar a altura do promontório. Seria suficiente para que a vista se pudesse estender amplamente sobre a região? O olhar não seria detido na direção do leste por algum obstáculo? Em todo caso podia-se verificar o que havia além do promontório, isto é, se a costa se prolongava indefinidamente para o norte ou se o oceano se estendia por ali afora. Convinha, pois, ir à extremidade da baía e fazer tal ascensão. Por pouco que o território fosse descoberto no leste, a vista o abarcaria sobre a extensão de vários quilômetros.

Ficou decidido que o projeto seria posto em execução. Doniphan não via nisso grande utilidade — sem dúvida, porque a idéia tinha partido de Briant e não dele, — mas era de natureza a dar bons resultados. Ao mesmo tempo, foi tomada a resolução de não deixarem o *Sloughi* enquanto não soubessem com certeza se haviam encalhado no litoral de um continente, que não poderia ser outro senão o sul-americano.

Todavia, a excursão não pôde ser iniciada durante os cinco dias que se seguiram. O tempo voltou a ser brumoso e, às vezes, caía uma chuvinha fina. Se o vento não mostrasse tendências a ficar mais forte, a neblina que anuviava o horizonte tornaria inútil o reconhecimento projetado. Estes poucos dias não foram perdidos. Empregaram-se em diversos trabalhos. Briant ocupou-se dos meninos, pelos quais velava sem cessar, como se fosse necessidade de sua natureza dispensar-lhes afeição paternal. Sua preocupação constante era que eles fossem tão bem tratados quanto permitissem as circunstâncias. Como a temperatura tendia a baixar, obrigou-os a pôr roupas mais quentes, ajustando-lhes aquelas que estavam nas arcas dos marinheiros. Houve obra de alfaiate, onde a tesoura trabalhou mais do que a agulha e para a qual Moko, que sabia coser, na sua qualidade de grumete, mostrou-se muito engenhoso. Dizer que Costar, Dole, Jenkins e Iverson ficaram elegantemente vestidos com aquelas calças e aqueles blusões muito largos, mas encurtados nos braços e nas pernas, não seria verdade. Mas pouco importava! Servia para as necessidades e eles adaptavam-se prontamente a seus novos trajes. Não eram deixados na ociosidade. Sob a orientação de Garnett ou de Baxter, recolhiam mariscos, ou pescavam com redes ou linhas no leito do rio. Divertimento para eles e vantagem para todos. Assim ocupados, com trabalho que lhes dava prazer, não pensavam naquela situação da qual não podiam compreender a gravidade. Sem dúvida, a lembrança de seus pais entristecia-os como entristecia seus colegas. Mas o pensamento de que talvez jamais os vissem não podia assaltá-los!

Gordon e Briant não deixavam o *Sloughi*, de cuja conservação haviam tomado a responsabilidade. Service ficava algumas vezes com eles e, sempre jovial, mostrava-se muito útil. Gostava de Briant e jamais fizera parte daqueles que preferiam apoiar Doniphan. Assim Briant sentia por ele muita afeição.

— Vamos, isso não é de todo mau! — repetia de bom humor Service. — Verdadeiramente, nosso *Sloughi* foi colocado muitíssimo a propósito sobre a praia por vaga complacente que não o estragou muito... Foi oportunidade que não tiveram nem Robinson Crusoé, nem Robinson Suíço!

E Jacques? Bem, se Jacques vinha em auxílio de seu irmão para os diversos assuntos de bordo, apenas respondia às perguntas que lhe eram dirigidas, tendo pressa em desviar os olhos logo que o olhavam de frente.

Briant não deixava de inquietar-se muito com a atitude de Jacques. Sendo mais velho, tivera sempre sobre ele influência real. Ora, desde a partida da escuna, como já se observou, Jacques parecia um menino cheio de remorsos. Teria cometido alguma falta grave que não ousava confessar mesmo a seu irmão mais velho? O que era certo é que mais de uma vez seus olhos avermelhados testemunhavam que acabava de chorar.

Briant chegou a pensar que a saúde de Jacques estaria comprometida. Se o menino caísse doente, quais os cuidados que lhe deveria dar? Preocupava-se muito com isso, o que o levava a interrogar o irmão sobre o que sentia.

— Não... Não!... Não tenho nada... Nada!

Era impossível arrancar-lhe outra coisa.

Durante o tempo que decorreu entre onze e quinze de março, Doniphan, Wilcox, Webb e Cross ocuparam-se em

Webb, Cross e Wilcox foram caçar pássaros, ajudados por Fido.

caçar os pássaros aninhados nas rochas. Iam sempre junto e, visivelmente, procuravam fazer grupo à parte. Gordon não deixava de inquietar-se com isto. Quando se apresentou a ocasião, interveio junto a uns e outros, tentando fazer-lhes compreender quanto a união era necessária. Mas Doniphan, sobretudo, respondia com tanta frieza às suas tentativas, que julgou prudente não insistir. Entretanto, não desistiu de tentar destruir o foco de dissidência que poderia tornar-se funesto, e talvez os acontecimentos trouxessem a aproximação que seus conselhos não pudessem obter.

Durante os dias de nevoeiro, que impediram a excursão projetada ao extremo da baía, as caçadas foram bastante produtivas. Doniphan, apaixonado pelos esportes, era de fato muito hábil no manejo do fuzil. Extremamente vaidoso de sua habilidade, desdenhava todos os outros engenhos de caça tais como alçapões, redes ou laços, aos quais Wilcox dava preferência. Nas circunstâncias em que se encontravam seus camaradas, porém, era provável que o rapaz prestasse melhores serviços do que ele. Quanto a Webb, atirava bem mas sem conseguir igualar-se a Doniphan, Cross não era exatamente prendado para a caçada e contentava-se em aplaudir as proezas de seu primo. Convém também mencionar o cachorro, Fido, que se distinguia nas caçadas e não hesitava em lançar-se entre as ondas para apanhar a caça caída para além dos recifes.

Entre as peças abatidas pelos jovens caçadores, encontrava-se certo número de aves marinhas, com as quais Moko não sabia o que fazer — corvos marinhos, gaivotões e mergulhões. Em todo caso, os pombos de rocha foram abundantes bem como os gansos e os patos, cuja carne foi muito apreciada.

Havia pressa em que fosse feita a subida do promontório, o que resolveria talvez a importante questão de continente ou ilha! Dessa questão, de fato, dependiam o futuro e a instalação provisória ou definitiva naquela terra.

A quinze de março, o tempo pareceu tornar-se favorável à realização de tal projeto. Durante a noite, o céu libertou-se das condensações espessas que a calmaria dos dias precedentes tinha acumulado. Vento de terra acabava de limpá-lo em poucas horas. Raios brilhantes de sol douravam a crista da falésia. Podia-se esperar que tão logo fosse obliquamente iluminado, depois do meio-dia, o horizonte de leste aparecesse com nitidez suficiente e era, precisamente, tal horizonte que interessava investigar. Se uma linha de água contínua se estendesse daquele lado, a terra seria uma ilha e os recursos não poderiam vir senão de algum navio que aparecesse naquelas paragens.

Foi Briant quem insistiu na idéia da excursão ao norte da baía e decidira fazê-la só.

No dia quinze à tarde, depois de haver verificado que o barômetro estava com bom registro, Briant preveniu Gordon de que partiria no dia seguinte de madrugada. O dia lhe bastaria certamente para conduzir bem sua exploração e Gordon podia estar certo de que estaria de regresso antes da noite.

Briant partiu bem cedo, sem que os outros tomassem conhecimento. Estava armado com um porrete e revólver para o caso de encontrar algum animal feroz.

A essas armas Briant acrescentou um instrumento que facilitaria sua tarefa quando chegasse ao extremo do promontório. Era um dos binóculos do *Sloughi*, de grande alcance e de nitidez notável. Ao mesmo tempo, numa sacola suspensa à cintura, carregava biscoitos, um pedaço de carne salgada e um odre contendo um pouco de aguardente diluída em água.

Briant, marchando a passos largos, seguiu primeiro o contorno da costa, marcada no limite interior dos recifes por longo colar de algas, ainda úmidas das últimas águas da vazante. No fim de uma hora, ultrapassava a ponta extrema alcançada por Doniphan e seus companheiros, quando iam caçar pombos de rocha. O tempo estava claro e o céu inteiramente livre de nevoeiro. Se as nuvens viessem a acumular-se na direção do leste, depois do meio-dia, o resultado da exploração seria nulo.

Durante a primeira hora, Briant pudera marchar com bastante rapidez e transpor a metade do percurso. Se nenhum obstáculo se apresentasse, contava atingir o promontório antes de oito horas da manhã. Mas, à medida que a falésia se aproximava do banco de recifes, a praia apresentava solo mais difícil. A faixa de areia tornava-se mais reduzida e os recifes apareciam sobre ela. Em lugar daquele terreno elástico e firme que se estendia entre o bosque e o mar, na vizinhança do rio, Briant foi desde logo obrigado a aventurar-se através de infinidade de rochas escorregadias, de sargaços viscosos, de poças de água, de pedras instáveis, sobre as quais ele não encontrava apoio suficiente. Por isso, a marcha foi muito fatigante e houve atraso de duas horas.

— É preciso, entretanto, que eu chegue ao promontório antes que o mar suba! — dizia Briant consigo mesmo. — Esta parte da praia foi coberta pela última maré e certamente o será pela próxima, até ao pé da falésia. Se eu for obrigado a recuar ou a refugiar-me sobre alguma rocha, chegarei demasiado tarde! É preciso, portanto, passar a qualquer preço antes que as águas invadam a praia!

O corajoso menino, não querendo sentir a fadiga, que começava a retesar-lhe os membros, procurou o caminho mais curto. Em muitos lugares teve que tirar as botas e as meias, a fim de transpor grandes poças com água até ao meio da perna. Depois, quando se encontrava na superfície dos recifes, caminhava temeroso de quedas, que só pôde evitar à força de destreza e agilidade.

A presença de marrecos, focas e pingüins dera-lhe a convicção de que a latitude era muito polar.

Assentou-se então sobre uma rocha, ao abrigo da maré montante que alcançava já o banco de recifes. Certamente, uma hora mais tarde já não poderia passar entre os escolhos e a base da falésia, sem arriscar-se a ser arrastado pelo fluxo. Mas isto agora não era motivo para inquietá-lo e à tarde, quando a vazante tivesse feito as águas recuarem para o mar, encontraria passagem livre naquele local.

Um bom pedaço de carne, alguns goles do odre e não lhe foi preciso mais para apaziguar a fome e a sede, enquanto a parada

A presença das focas deu-lhe convicção de que estavam numa latitude bem polar.

fazia repousar seus membros. Ao mesmo tempo, pôs-se a refletir. Só, então, longe de seus colegas, procurava enfrentar friamente a situação, decidido a levar até o fim a obra de salvamento comum. A atitude de Doniphan e de alguns outros a seu respeito não deixava de preocupá-lo. Estava resolvido, entretanto, a opor resistência absoluta a todo ato que lhe parecesse comprometedor para seus companheiros. Depois pensava em seu irmão Jacques, cuja moral lhe dava muitos cuidados. Parecia-lhe que o menino escondia falta que tivesse cometido — provavelmente antes de sua partida, — tinha o propósito de pressioná-lo tanto a tal respeito que Jacques seria constrangido a responder-lhe. Durante uma hora, Briant prolongou, a parada, a fim de recobrar todas as suas forças. Pegou, então, a sua sacola, atirou-a sobre as costas e começou a subir as primeiras pedras.

Situado bem na extremidade da baía, o promontório, que terminava em ponta aguda, apresentava formação geológica bastante caprichosa. Dir-se-ia uma cristalização de origem ígnea, que se fizera sob a ação de forças vulcânicas. Contrariamente ao que parecia de longe, não se prendia à falésia. Notou também que estreita passagem separava o promontório da falésia. Além, na direção do norte, a praia estendia-se a perder de vista. Mas, em suma, visto que o outeiro dominava as elevações vizinhas, o olhar poderia abraçar larga extensão de território. Isto era o importante.

A ascensão foi bastante penosa. Era preciso içar-se de uma rocha à outra, tão altas às vezes, que Briant não atingiu, a não ser com dificuldade, seu rebordo superior. Entretanto, chegou ao cimo. Em primeiro lugar, com binóculo nos olhos, Briant olhou na direção do leste. Era uma região plana até ao alcance extremo da vista. A falésia representava sua maior altura e seu platô inclinava-se ligeiramente para o interior. Além, algumas intumescências ondulavam ainda o solo sem modificar o aspecto da região. Vastas florestas cobriam-na naquela direção, escondendo sob seus maciços, amarelados pelo outono, o leito dos rios que deviam extravasar pelo litoral. Era apenas uma superfície plana até ao horizonte, cuja distância podia ser calculada em cinco quilômetros. Não parecia, portanto, que o mar cercasse o território daquele lado e, para verificar se era continente ou ilha, seria preciso organizar expedição mais profunda na direção do oeste. Para o norte, Briant não distinguia a extremidade do litoral, estendido em linha reta. Depois, além de outro promontório muito comprido, tornava-se côncavo, formando praia arenosa, que dava a idéia de vasto deserto. Para o sul, atrás do outro promontório, perfilado no extremo da baía, a costa alongava-se do nordeste ao sudoeste, limitando vasta zona pantanosa que contrastava com as praias desertas do norte.

Briant tinha passeado atentamente a objetiva de seu binóculo sobre todos os pontos daquele vasto perímetro. Era uma ilha? Era um continente? Não poderia dizê-lo. Em todo caso, se era ilha, tinha grande extensão. Eis tudo o que podia afirmar.

Em seguida, voltou-se para o lado oeste. O mar resplandecia sob os raios oblíquos do sol que declinava lentamente para o horizonte. De súbito, Briant, levando vivamente o binóculo aos olhos, dirigiu-o para a extremidade do largo.

— Navios! — exclamou. — Navios que passam!

Com efeito, três pontos negros apareciam sobre a superfície das águas brilhantes a uma distância que não podia ser inferior a quinze milhas.

Que grande emoção sentiu Briant! Estaria ele sendo vítima de uma ilusão? Haveria mesmo embarcações à vista? Abaixou o binóculo, limpou as lentes que se embaciavam sob seu hálito, e olhou de novo... Na verdade, os três pontos pareciam bem ser navios, cujo casco apenas era visível. Quanto a seus mastros, nada se via e, em todo o caso, nenhuma fumaça indicava que fossem vapores em marcha. Veio-lhe o pensamento de que, se eram navios, encontravam-se a uma grande distância e seus sinais não seriam percebidos. Ora, como era admissível que seus camaradas não tivessem visto tais embarcações, o melhor era voltar rapidamente ao *Sloughi*, afim de acender grande fogo sobre a praia. E, então... depois do sol posto... Assim refletindo, Briant não cessava de observar os três pontos negros. E ficou decepcionado quando viu que eles não saíam do lugar! O binóculo foi ajustado novamente e durante alguns minutos observou dentro do campo da objetiva... Não tardou a reconhecer que não eram senão três pequenas ilhotas, situadas a oeste do litoral, na proximidade das quais a escuna devia ter passado, quando a tempestade a arrastou para a costa, mas que tinham permanecido invisíveis no meio do nevoeiro.

Eram duas horas. O mar começava a retirar-se deixando a esmo o cordão dos recifes do lado da falésia. Briant, pensando que era tempo de voltar ao *Sloughi*, preparou-se para descer até no sopé do outeiro. Quis contudo, ainda uma vez, percorrer o horizonte de leste. Em conseqüência da posição mais oblíqua do sol, talvez distinguisse qualquer outro ponto do território que não lhe tivesse sido dado ver até então. Fez outra observação naquele lado com minuciosa atenção. Ao ponto mais adiante ao alcance de sua vista, além da cortina de verdura, distinguiu muito nitidamente uma linha azulada, que se prolongava de norte a sul, sobre extensão de várias milhas e cujas duas extremidades perdiam-se atrás da massa confusa das árvores.

— O que será? — perguntava a si mesmo.

Olhou com mais atenção ainda.

— O mar!... Sim!.. É o mar.

E pouco faltou para que o binóculo lhe caísse das mãos. Uma vez que o mar se estendia a leste, não restava mais dúvidas! Não estavam em um continente, mas em uma ilha isolada na imensidão do Pacífico

E, então, todos os perigos apresentaram-se ao pensamento do menino. Seu coração apertou-se. Mas, reagindo contra o involuntário desfalecimento, compreendeu que não se devia deixar abater, por mais inquietante que fosse o futuro

Um quarto de hora depois, Briant tinha descido sobre a praia, e, retomando o caminho percorrido pela manhã, antes das cinco horas chegou ao *Sloughi*, onde seus colegas aguardavam impacientemente seu regresso.

6
EXPEDIÇÃO EXPLORATÓRIA

Na mesma noite, depois do jantar, Briant comunicou aos rapazes o resultado de sua exploração.

Imediatamente, Gordon e os outros acolheram com viva emoção a afirmativa do colega. Estavam em uma ilha e faltavam-lhes todos os meios de sair dali! Seria preciso renunciar ao projeto feito anteriormente de procurar na direção do leste o caminho de um continente! Estavam reduzidos a esperar passagem de navio.

— Mas Briant não teria se enganado em sua observação? — perguntou Doniphan.

— Com efeito, Briant — acrescentou Cross, — não teria tomado por mar algumas nuvens?...

— Não! Estou certo do que vi! A água circundava o horizonte a leste.

— A que distância? — perguntou Wilcox.

— A cerca de nove quilômetros do cabo.

— E além — interveio Webb — não havia montanhas nem elevações de terreno?...

— Nada!... Nada além do céu!

Briant mostrava-se tão seguro que não era razoável manter a menor dúvida a tal respeito. Entretanto, como sempre o fazia quando discutia com ele, Doniphan obstinou-se em sua idéia.

— Repito que Briant pode ter-se enganado e enquanto não tivermos visto com nossos próprios olhos...

— É o que faremos — respondeu Gordon, — pois é preciso saber em que nos fixarmos.

— E eu digo que não temos nem um dia a perder — disse Baxter — se quisermos partir antes do mau tempo, no caso de estarmos num continente!

— A partir de amanhã, desde que o tempo o permita — continuou Gordon, — faremos excursões que durarão vários dias.

— Combinado, Gordon — respondeu Briant, — e quando tivermos chegado ao litoral oposto da ilha...

— Se for ilha! — exclamou Doniphan, erguendo os ombros.

— É ilha! — replicou Briant com gesto de impaciência. — Não me enganei!... Percebi distintamente o mar na direção do leste! Doniphan gosta de contradizer-me, conforme seu hábito...

— Você não é infalível, Briant!

— Não! Não sou! Mas, desta vez você verá que não errei! Eu mesmo irei confirmar e se Doniphan quiser acompanhar-me...

— Certamente que irei!

— Nós também! — exclamaram três ou quatro dos rapazes.

— Bom! Bom! — interrompeu Gordon. — Calma, colegas! Apesar de sermos ainda crianças, tratemos de agir como homens! Nossa situação é grave e uma imprudência poderia torná-la mais grave ainda. As crianças não nos poderiam acompanhar e como deixá-los sós no *Sloughi*? Que Doniphan e Briant tentem tal excursão e que dois ou três de nossos colegas os acompanhem...

— Eu! — exclamou Wilcox.

— E eu! — disse Service.

— Seja — respondeu Gordon. — Quatro bastam. Não esqueçam que aqui é o nosso acampamento, nossa casa, nosso lar e não devemos abandoná-lo senão quando estivermos certos de que estamos num continente.

— Estamos numa ilha! — respondeu Briant. — Pela última vez, eu asseguro isto!

— É o que veremos! — replicou Doniphan.

Todavia, não seria prudente tentar tal exploração a não ser com tempo firme. Assim, como Gordon acabava de dizer, era preciso não raciocinar nem agir como crianças, mas como homens. Nas circunstâncias em que se encontravam, se a inteligência dos meninos não amadurecesse mais prematuramente, se a leviandade, a inconseqüência natural de sua idade, os dirigisse e se, além disso, a desunião se introduzisse entre eles, seria comprometer integralmente uma situação já bem crítica. Eis por que estava Gordon decidido a fazer tudo para manter a ordem entre os seus colegas.

Não obstante, por mais apressados que estivessem Doniphan e Briant, a mudança do tempo obrigou-os a adiar a partida. No dia seguinte, chuva fria pôs-se a cair a intervalos. A baixa contínua do barômetro indicava período de tempestades, cujo fim não era previsível. Seria por demais temerário aventurar-se em tão desvantajosa condição. Para ser conduzido com prudência, tal empreendimento deveria ser transferido para a época dos dias longos, quando não houvesse que temer as intempéries do inverno. Portanto, era preciso resignarem-se a passar a estação fria no acampamento do *Sloughi*.

Gordon, entretanto, procurava reconhecer em que parte do oceano tivera lugar o naufrágio. O atlas que pertencia à biblioteca do iate continha uma série de mapas do Pacífico. Ora, procurando fixar a rota seguida, desde Auckland até o litoral da América, não se notava em direção ao norte, além do grupo das Pomotou, ou Ilhas Baixas, senão a ilha da Páscoa e de Juan Fernandez. Ao sul, nenhuma terra até ao espaço sem limites do oceano Antártico. Voltando-se para leste, havia apenas os arquipélagos das ilhas Chiloë e Madre de Deus, semeados nas costas do Chile, e, mais abaixo, os do estreito de Magalhães e da Terra do Fogo, contra os quais vinham quebrar-se os mares do cabo Horn.

Portanto, se a escuna tivesse sido jogada sobre uma daquelas ilhas desabitadas que confinam com os pampas, haveria centenas de milhas a percorrer antes de atingir as províncias habitadas do Chile, do Prata ou da República Argentina. Convinha agir com extrema prudência. Era o que pensavam Gordon, Briant e Baxter. Sem dúvida, Doniphan e seus adeptos terminaram por admiti-lo.

Todavia, o projeto de fazer reconhecimento no mar do leste permanecia. Mas, durante os quinze dias que se seguiram, foi impossível pô-lo em execução. O tempo tornou-se abominável, dias chuvosos de manhã e à noite, borrascas que se desencadeavam com extrema violência. A passagem através das florestas teria sido impraticável. Houve, portanto, necessidade de adiar a exploração, embora fosse imenso o desejo de decidirem a grave questão.

Durante aqueles longos dias de ventania Gordon e seus camaradas mantiveram-se confinados a bordo. Mas não estiveram desocupados. Sem falar dos cuidados que exigia o material, havia que reparar constantemente as avarias do iate, que sofria com as intempéries. Os bordos começavam a abrir-se ao alto e a ponte não estava mais impermeável. Em certos lugares, a chuva passava através das costuras, onde a estopa se desfiava aos poucos e era necessário calafetá-las sem descanso.

Era também urgente procurar abrigo menos crítico. Admitindo-se que se pudesse subir para o leste, isto não se faria antes de cinco ou seis meses e, certamente, o *Sloughi* não resistiria até lá. Se fosse preciso abandoná-lo no meio do inverno, onde encontrar refúgio? Era portanto no lado oposto, ao abrigo dos ventos do largo, que convinha fazer novas pesquisas e, se preciso, construir habitação bastante grande para aquele pequeno mundo.

Enquanto aguardavam, foram feitos reparos urgentes, a fim de fechar não a entrada de água mas as entradas de ar abertas na querena e ajustar o madeiramento interior que se desunia. Gordon teria utilizado as velas sobressalentes para recobrir o casco, não fora o desgosto de sacrificar as lonas, que poderiam servir para fazer tenda, caso fossem obrigados a acampar ao relento. Limitou-se, então, a estender sobre a ponte pedaços de lona.

A carga foi dividida em pacotes, inscritos no caderno de Gordon com números de ordem e que, em caso urgente, seriam mais rapidamente transportados ao abrigo das árvores.

Estenderam sobre a ponte pedaços de lona.

Quando havia algumas horas de calmaria, Doniphan, Webb e Wilcox iam caçar as pombas das rochas, que Moko tentava, com maior ou menor êxito, cozinhar de diversos modos. Por outro lado, Garnett, Service e Cross, aos quais se juntavam os pequenos e, às vezes, Jacques quando seu irmão impunha, ocupavam-se das pescas. Valia a pena ouvir as exclamações de júbilo dos três pequenos pescadores, quando puxavam as redes ou as linhas sobre a borda do banco de recifes.

— Vejam os meus peixes! — exclamava Jenkins. — Oh! Como são grandes!

— E os meus... são maiores do que os seus! — exclamava Iverson, chamando Dole para auxiliá-lo.

— Eles vão fugir! — gritava Costar.

E então vinha alguém em seu socorro.

— Segurem bem!... Segurem bem!... — repetia Garnett ou Service, indo de um a outro. — E sobretudo levantem depressa as redes!

— Mas eu não posso! Não posso! — repetia Costar, que era arrastado pela carga, apesar de seus esforços.

E todos, reunindo suas forças, conseguiam trazer as redes para a areia. E não era sem tempo, pois, no meio das águas claras, havia grande quantidade de uma espécie de lampreia feroz, que teria devorado num instante todo o peixe preso nas malhas. Se bem que muitos tivessem sido perdidos por esta razão, o resto bastava amplamente às necessidades da mesa. As pescadas, principalmente, forneciam carne excelente, tanto frescas como conservadas em sal.

No dia vinte e sete de março, uma presa mais importante deu lugar a incidente bastante cômico. Durante a tarde, tendo cessado a chuva, os pequenos tinham ido para o lado do rio com seu material de pesca. De súbito, seus gritos ecoaram — gritos de alegria, é verdade, — mas, apesar disso, chamavam por socorro.

Gordon, Briant, Service e Moko, ocupados a bordo da escuna, cessaram seu trabalho e, lançando-se na direção de

— Não posso! — repetia Costar.

onde partiam os gritos, transpuseram rapidamente os quinhentos ou seiscentos passos que os separavam do rio.

— Venham... venham!... — gritava Jenkins.

— Venham ver Costar e seu corcel! — dizia Iverson.

— Mais depressa, Briant, mais depressa, senão ele vai fugir! — repetia Jenkins.

— Chega! ... Chega!... Quero descer!... Tenho medo!... — gritava Costar fazendo gestos de desespero.

— Upa!... Upa!... — gritava Dole, que tomara lugar à garupa de Costar sobre certa massa em movimento.

Não era outra coisa senão uma tartaruga gigantesca, um dos enormes quelônios que se encontram na maioria das vezes adormecidos na superfície do mar. Surpreendido sobre a areia, procurava voltar ao seu elemento natural. Em vão os garotos, depois de ter-lhe passado uma corda em torno do pescoço, tentavam reter o vigoroso animal. Este continuava a deslocar-se e, se não avançava mais depressa, pelo menos puxava com força irresistível, arrastando o bando atrás de si. Jenkins, por brincadeira, havia empoleirado Costar sobre o casco da tartaruga e Dole, atrás dele, segurava o garotinho, que não cessava de dar gritos cada vez mais penetrantes à medida que se aproximavam do mar.

— Segure bem! Segure bem, Costar! — disse Gordon.

— E tome cuidado para que o cavalo não pegue freio nos dentes! — exclamava Service.

Briant não pôde deixar de rir, pois não havia perigo algum. Desde que Dole soltasse Costar, bastava que o menino se deixasse escorregar.

Mas era urgente capturar o animal. Evidentemente, mesmo que Briant e os outros reunissem seus esforços aos dos pequenos, não conseguiriam detê-lo. Era preciso, portanto, descobrir um meio de impedir sua marcha, antes que desaparecesse sob as águas onde estaria em segurança.

— Só há um meio — disse Gordon. — É virá-la de costas.

Dole e Costar estavam montados na enorme tartaruga.

— E como? — replicou Service. — Esse bicho pesa no mínimo trezentos quilos e não poderemos jamais...

— Os troncos!... os troncos! — respondeu Briant.

E, seguido por Moko, foi correndo ao *Sloughi*.

Nesse momento a tartaruga encontrava-se a trinta passos do mar. Então Gordon apressou-se a retirar Costar e Dole de cima da carapaça e, pegando a corda, todos puxaram o máximo que puderam sem conseguir diminuir a marcha do animal, que tinha forças para rebocar todo o Pensionato Chairman.

Felizmente, Briant e Moko voltaram antes que a tartaruga alcançasse o mar. Dois troncos foram-lhe então enfiados por baixo do corpo e por meio dessas alavancas conseguiu-se, não sem grandes esforços, virá-la de costas. Isto feito, estava definitivamente prisioneira, pois era-lhe impossível voltar à posição normal. No momento em que encolhia a cabeça, Briant deu-lhe certeira machadada.

— Bem, Costar, ainda tem medo do bicho? — perguntou ao garotinho.

— Não... Não!... Ela está morta.

— Bem! — exclamou Service. — Aposto, no entanto, que não tem coragem de comê-la.

— Isso se come?...

— Claro!

— Então eu como, se for bom! — respondeu Costar, já lambendo os lábios.

— É excelente! — respondeu Moko, que não exagerava, dizendo que a carne de tartaruga é muitíssimo delicada.

Como não era possível pensar em transportar tal volume até o iate, era preciso esquartejá-la ali mesmo. Era bastante repugnante, mas os jovens náufragos começavam a afazer-se às necessidades, por vezes muito desagradáveis, daquela vida de Robinsons. O mais difícil foi quebrar a barriga, cuja dureza seria capaz de deformar o fio de um machado. Isto foi conseguido introduzindo-se um cinzel nos interstícios das placas. Depois, cortada a carne em postas, foi levada para o *Sloughi*. E nesse dia todos puderam convencer-se de que o cozido de tartaruga era fino, sem contar os grelhados que foram aprovadíssimos, embora Service os tivesse deixado queimar um pouco sobre as brasas muito fortes. Fido provou a seu modo, pois os restos do animal não eram de desdenhar para a raça canina. A tartaruga forneceu mais de trinta quilos de carne, o que permitia economizar as reservas do iate.

O mês de março terminou assim. Durante três semanas, desde o naufrágio, cada um trabalhara o melhor que pudera.

No dia primeiro de abril, viu-se distintamente que o tempo não tardaria a modificar-se. O barômetro subia lentamente e o vento tinha certa tendência a abrandar. Os sintomas de calmaria próxima e longa não podiam enganar. As circunstâncias se prestariam portanto a pesquisas pelo interior da região. Os rapazes conversaram a respeito naquele dia e, depois da conferência, foram feitos os preparativos para uma expedição cuja importância não escapava a ninguém.

— Eu penso — disse Doniphan — que nada nos impedirá de partir amanhã de manhã...

— Nada, eu o espero — respondeu Briant, — e será preciso estar tudo pronto para a primeira hora.

— Parece-me — disse Gordon — que a massa de água que você observou a leste encontrava-se a seis ou sete milhas do promontório...

— Sim — respondeu Briant, — mas como a baía tem curva bastante acentuada, é possível que essa distância seja menor a partir de nosso acampamento.

— E, então — retornou Gordon, — a ausência de vocês durará no máximo vinte e quatro horas!

— Sim Gordon, se pudermos caminhar diretamente para o leste. Mas encontraremos passagem através destas florestas, depois de contornarmos a falésia?

— Oh! não será essa a dificuldade que há de nos deter! — observou Doniphan.

— Seja — respondeu Briant, — mas outros obstáculos podem barrar o caminho: um curso de água, um pântano, quem sabe? Será, portanto, prudente acautelarmo-nos com víveres, na previsão de viagem de alguns dias...

— E munições — acrescentou Wilcox.

— É claro — retornou Briant. — E convenhamos, Gordon, que se não tivermos regressado em quarenta e oito horas, não deve se inquietar.

— Ficarei inquieto mesmo que a ausência de vocês seja apenas de meio dia — respondeu Gordon. — Mas isso não vem ao caso. Já que a expedição foi decidida, façam-na. Ela não deve ter por objetivo só o mar avistado a leste. É necessário reconhecer a região do outro lado da falésia. Deste lado não encontramos nenhuma caverna e quando abandonarmos o *Sloughi*, será para transportar nosso acampamento para local ao abrigo dos ventos. Passar o inverno sobre esta areia não me parece aceitável.

— Tem razão, Gordon — respondeu Briant. — Procuraremos algum local conveniente onde possamos instalar-nos.

— A menos que fique claro que podemos sair imediatamente desta pretensa ilha! — observou Doniphan, que voltava sempre a sua idéia.

— Combinado, se bem que a estação, muito adiantada já, não se preste muito! — respondeu Gordon. — Enfim, faremos o melhor. Então, amanhã, a partida!

Os preparativos não tardaram a ficar terminados. Víveres para quatro dias, dispostos em sacolas que seriam carregadas no cinturão, quatro fuzis, quatro revólveres, dois machados, uma bússola de bolso, um binóculo bastante possante; depois, junto com os utensílios de bolso, mechas, isqueiros, fósforos, tudo isto parecia o bastante para uma expedição de curta duração, mas não sem perigo. Assim, Briant e Doniphan, bem como Service e Wilcox, que os acompanhariam, cuidariam de manter-se sob vigilância recíproca e de não avançar senão com extremo cuidado, sem jamais se separarem.

Gordon pensava que sua presença não seria inútil entre Briant e Doniphan. Mas pareceu-lhe mais prudente ficar no *Sloughi*, a fim de velar por seus jovens companheiros. Assim, chamando Briant à parte, obteve dele a promessa de evitar todo assunto que pudesse levar a desacordo ou disputa.

Os prognósticos do barômetro tinham-se realizado. Antes do dia terminar, as últimas nuvens tinham desaparecido no ocidente. A linha do mar arredondava-se no oeste sobre horizonte limpo. As constelações magníficas do hemisfério austral cintilavam no firmamento e, entre elas, aquele esplêndido Cruzeiro do Sul, que brilha no pólo antártico do universo.

Gordon e seus camaradas, na véspera de tal separação, sentiam o coração apertado. O que aconteceria durante a expedição, sujeita a tantas eventualidades graves? Enquanto seus olhares se fixavam no céu, seus pensamentos voltavam-se para seus pais, suas famílias, seus países, que talvez nunca mais vissem!...

E, então, os pequenos se ajoelharam diante daquele Cruzeiro do Sul, como se o fizessem diante da cruz de uma capela! Não lhes diziam que orassem ao Criador Todo-Poderoso dessas maravilhas celestes e pusessem n'Ele suas esperanças?

7
O LAGO

Brian, Doniphan, Wilcox e Service tinham deixado o acampamento do *Sloughi* às sete horas da manhã. O sol, subindo para o céu sem nuvens, anunciava um daqueles belos dias que o mês de outubro reserva, por vezes, aos habitantes das zonas temperadas no hemisfério boreal. Nem o calor nem o frio eram de recear. Se algum obstáculo devesse retardar ou deter a marcha, seria apenas devido à natureza do solo.

Inicialmente, os jovens exploradores caminharam obliquamente através da praia, de modo a alcançar a base da falésia. Gordon tinha-os aconselhado a levarem Fido, cujo instinto lhes poderia ser utilíssimo. Um quarto de hora depois da partida, os quatro garotos haviam desaparecido sob a ramagem do bosque, que foi rapidamente transposto. Alguma caça miúda voejava sob o arvoredo. Mas, como não se podia perder tempo a persegui-la, Doniphan, resistindo a seus instintos, teve a prudência de abster-se dela. O próprio Fido terminou por compreender que se cansava com idas e vindas e permaneceu perto de seus donos, sem afastar-se mais do que convinha a seu papel de batedor.

O plano consistia em acompanhar a base da falésia até ao cabo situado ao norte da baía, se, antes de chegar a sua extremidade, não houvesse possibilidade de transpô-la. Caminhar-se-ia, então, na direção do lençol de água assinalado por Briant. O itinerário, se bem que não fosse o mais curto, tinha a vantagem de ser o mais seguro.

Logo que atingiu a falésia, Briant reconheceu o local onde Gordon e ele se tinham detido quando da sua primeira exploração. Como neste trecho da muralha calcária não se encontrava nenhuma passagem que descesse para o sul, era na direção do norte que seria preciso procurar alguma garganta que desse passagem, e devia-se subir até ao cabo. Isto levaria, sem dúvida, um dia inteiro. Mas não se poderia agir de outro modo, no caso em que a falésia fosse intransponível em seu lado ocidental.

Foi o que Briant explicou a seus camaradas, e Doniphan, depois de ter inutilmente tentado escalar uma das rampas da escarpa, não fez mais objeções. Todos quatro seguiram então a base que era contornada pelas últimas árvores.

Marcharam durante cerca de uma hora e, como era preciso, sem dúvida, ir até ao promontório, Briant estava inquieto por saber se a passagem estaria livre. Com a hora que se adiantava, a maré já não teria coberto a areia? Esperar que a vazante deixasse a seco o banco dos recifes seria perder cerca de meio dia.

— Apressemo-nos — disse ele, depois de ter explicado qual o interesse que havia em anteciparem-se à chegada do fluxo.

— Ora! — respondeu Wilcox. — Não faz mal que molhemos os tornozelos!

— Os tornozelos, depois o peito e depois as orelhas! — replicou Briant. — O mar sobe dois metros no mínimo. Na verdade, creio que teríamos feito melhor se tivéssemos ido diretamente ao promontório.

— Era preciso que nos avisasse então — respondeu Doniphan. — Você, Briant, está nos servindo de guia, e se estamos atrasados, é por sua culpa!

— Seja, Doniphan! Em todo caso, não percamos um instante. Onde está Service?

O menino não estava ali. Depois de ter-se afastado com seu amigo Fido, tinha desaparecido por trás de uma saliência da falésia, a cem passos à direita.

Mas, quase instantaneamente, ouviram-se gritos ao mesmo tempo que latidos de cão. Service encontrava-se em perigo!

Num instante, Briant, Doniphan e Wilcox foram ao encontro do colega, parado diante de um desmoronamento parcial da falésia. Em conseqüência de infiltrações ou simplesmente sob a ação das intempéries que haviam desagregado a massa calcária, uma espécie de meio funil de ponta para baixo tinha-se formado desde a crista da muralha até ao solo. No muro a pique, abria-se garganta cônica cujas paredes interiores não ofereciam rampas de mais de quarenta ou cinqüenta graus. Além disso, suas irregularidades apresentavam seqüência de pontos de apoio sobre as quais seria fácil firmar os pés. Os jovens ágeis e leves poderiam, sem muito sacrifício, atingir a aresta superior se não provocassem outros desabamentos. Se bem que houvesse risco, não hesitaram. Doniphan foi o primeiro a aventurar-se sobre o amontoado de pedras da base.

— Espere!... Espere!... — gritou Briant. — É perigoso agirmos com imprudência!

Mas Doniphan não o ouvia, e como fazia questão de antecipar-se a Briant, depressa chegou ao meio do caminho do funil. Seus colegas haviam-no imitado, evitando colocarem-se diretamente por baixo dele, a fim de não serem atingidos pelos resíduos que se desagregavam do maciço e rolavam pelo chão. Tudo se passou bem e Doniphan teve a satisfação de pôr o pé sobre a crista da falésia antes dos outros, que chegaram logo após.

Doniphan já havia tirado uma luneta do estojo e passeava-a pela superfície das florestas que se estendiam a perder de vista, na direção do leste. Viu o mesmo panorama de verdura e de céu que Briant observara do alto do cabo, um pouco menos profundo, todavia, pois o cabo dominava a falésia.

— Então — perguntou Wilcox, — vê alguma coisa?

— Absolutamente nada! — respondeu Doniphan.

— É a minha vez de olhar — disse Wilcox.

Doniphan deu-lhe a luneta, não sem que satisfação visível iluminasse o seu rosto.

— Não percebo a menor linha de água! — disse Wilcox, depois de abaixar a luneta.

Doniphan já havia tirado sua luneta do estojo e observa o horizonte.

— Provavelmente é porque — respondeu Doniphan — não existe realmente. Olhe Briant, e reconhecerá seu erro...

— É inútil! — respondeu Briant. — Estou certo de não ter me enganado.

— Você está sendo teimoso... Não estamos vendo nada...

— É muito natural, pois a falésia é menos elevada do que o promontório, o que diminui o alcance da vista. Se estivéssemos na altura em que eu estava colocado, a linha azul apareceria a uma distância de doze quilômetros. Vocês veriam então que ela está lá, onde a vi, e que é impossível confundi-la com algumas nuvens

— É fácil de dizer! — observou Wilcox.

— E não menos de verificar — respondeu Briant. — Transponhamos o platô da falésia, atravessemos as florestas e caminhemos para a frente até chegarmos...

— Bem! — disse Doniphan. — Isso poderá nos levar muito longe e eu não sei se, de fato, vale a pena...

— Fique, Doniphan — respondeu Briant, que, fiel aos conselhos de Gordon, continha-se apesar da má-vontade de seu companheiro. — Fique! Service e eu iremos sós...

— Nós iremos também! — interveio Wilcox. — A caminho, Doniphan, a caminho!

— Quando vamos almoçar? — interpelou Service.

De fato, convinha alimentarem-se bem antes de partir. E isto foi feito em meia hora. Depois, puseram-se de novo em marcha.

O primeiro quilômetro foi rapidamente vencido. O solo revolto não apresentava nenhum obstáculo. Aqui e ali, musgos e líquens cobriam as pequenas intumescências pedregosas. Alguns arbustos agrupavam-se de longe em longe, segundo suas espécies; aqui fetos arbóreos ou licopodiáceos; ali, urzes, berberidáceas, ramos de azevinho de folhas duras ou tufos de espinheiros de folhas coriáceas que proliferam mesmo nas mais altas latitudes.

Quando Briant e seus camaradas transpuseram o platô superior, não foi fácil conseguirem descer do lado oposto da falésia, quase tão elevado e tão a pique como do lado da baía. Se não fora o leito meio seco duma torrente, cujas sinuosidades compensavam a rigidez dos declives, teriam sido obrigados a voltar até ao promontório.

Uma vez alcançada, a floresta, a marcha tornou-se mais penosa sobre solo enredado de plantas vigorosas, eriçado de ervas altas. Freqüentemente, árvores abatidas obstruíam-no e era preciso abrir picada. Os rapazes manejavam então o machado como os pioneiros que se aventuram através das florestas do Novo Mundo.

Na verdade, parecia que jamais seres humanos tivessem penetrado sob o teto daquele bosque. Pelo menos não se descobria vestígio algum. O tempo e os temporais é que haviam posto abaixo aquelas árvores e não a mão do homem. As ervas calcadas em certos lugares só indicavam a passagem recente de animais de porte médio, dos quais foram vistos alguns fugindo sem dar tempo de se reconhecer a que espécie pertenciam. Deviam ser pouco temíveis, visto que se punham tão velozmente fora de alcance.

Certamente Doniphan sentia cócegas nas mãos, na ânsia de pegar o fuzil e descarregá-lo sobre os tímidos quadrúpedes! Mas, ajudando-o o bom-senso, não foi preciso a intervenção de Briant para impedi-lo de cometer a imprudência de revelar sua presença. Entretanto, se Doniphan compreendera que devia impor silêncio a sua arma favorita, as ocasiões de fazê-la falar foram sempre freqüentes. A cada passo voavam perdizes da espécie dos tinamus, de gosto muito delicado, ou de outras conhecidas pelo nome de martinetes. Depois, também, tordos, gansos selvagens, frangos-d'água, sem contar muitas outras aves que seria fácil abater às centenas. No caso de ser preciso acampar, a caça poderia fornecer alimentação abundante. Era o que Doniphan se limitou a verificar desde o princípio da exploração, pronto a compensar mais tarde a reserva que lhe impunham as circunstâncias.

Os espécimens desta floresta pertenciam mais particularmente às diversas variedades de bétulas e faias, que estendiam seus ramos até a trinta metros acima do solo. Entre outras árvores, figuravam os ciprestes de bela estatura, mirtáceas de tronco avermelhado e muito densas e grupos magníficos de certos vegetais, cuja casca espalha um aroma semelhante ao da canela.

Eram duas horas quando foi feita segunda parada no meio da pequena clareira atravessada por arroio pouco profundo. As águas deste arroio, de limpidez perfeita, corriam docemente sobre leito de rochas negras. Ao ver seu curso tranqüilo e pouco profundo, que não estava ainda embaraçado, nem por fragmentos de madeira, nem ervas em deriva, poder-se-ia crer que sua nascente não estivesse distante. Para transpô-lo, nada mais fácil do que passar sobre as pedras de que estava semeado. Em determinado local, as pedras estavam justapostas com tanta simetria que atraíram a atenção.

— Que coisa singular! — disse Doniphan.

De fato, havia ali como que uma passagem feita para ligar uma margem à outra.

— Pode se dizer que é uma barragem! — exclamou Service, que se dispunha a atravessar.

— Espere! Espere! — respondeu Briant. — É preciso observarmos bem a disposição dessas pedras!

— Não é possível — acrescentou Wilcox — que elas tenham se colocado assim sozinhas!

— Não — disse Briant, — parece que alguém quis preparar uma passagem neste lugar do rio... Vamos ver mais de perto.

Então, examinaram com cuidado cada um dos elementos da estreita calçada, que emergia algumas polegadas e devia ficar submersa durante o tempo das chuvas. Podia-se afirmar que fora a mão do homem que havia disposto aquelas lajes, através da riacho, para facilitar a travessia do curso de água. Ou seria mais acertado crer que, arrastadas pela violência da corrente, na época das cheias, pouco a pouco houvessem se

Frequentemente era preciso abrir picada.

agrupado, formando barragem natural? Este o modo mais simples de explicar a existência de tal calçada, e que Briant e seus camaradas adotaram depois de minucioso exame.

É preciso acrescentar que nem a margem direita nem a esquerda forneceram outros indícios e nada provava que pé de um homem houvesse jamais palmilhado o solo daquela clareira.

O curso do arroio dirigia-se para o nordeste, do lado oposto ao da baía. Correria então para aquele mar que Briant afirmava ter entrevisto do alto do promontório?

— A menos — disse Doniphan — que este rio seja tributário de outro mais importante que se volte para o poente.

— Nós o veremos — respondeu Briant, que achava inútil recomeçar discussão a tal respeito. — Entretanto, enquanto correr para leste, penso que faremos bem em segui-lo, se não der muitas voltas.

Os quatro rapazes puseram-se em marcha, depois de terem tido o cuidado de atravessar o riacho sobre a calçada a fim de não o atravessar mais abaixo, talvez em condições menos favoráveis. Foi muito fácil seguir pela margem, salvo em alguns lugares em que certos grupos de árvores mergulhavam suas raízes na água viva, enquanto seus ramos se entrelaçavam de uma a outra margem. Se o arroio fazia às vezes cotovelo brusco, sua orientação, de modo geral, observada pela bússola, era sempre em direção ao leste. Quanto a sua embocadura, devia estar ainda distante, pois a corrente não aumentava de velocidade nem o leito de largura.

Perto das cinco e meia, Briant e Doniphan verificaram, com desgosto, que o curso do arroio se dirigia francamente para o norte. Concordaram então em abandonar a borda e retomar o caminho, para o leste, por entre a espessura das bétulas e das faias. O caminho era penoso! No meio da erva alta, que, por vezes, ultrapassava a altura de suas cabeças, os rapazes eram forçados a chamarem uns pelos outros, a fim de não se perderem de vista.

Como, depois de um dia inteiro de marcha, nada indicasse a vizinhança do mar, Briant não deixava de estar inquieto.

Teria, então, sido vítima de ilusão, quando observara o horizonte do alto do promontório?...

"Não!... Não!... — repetia a si mesmo. Eu não me enganei! Não pode ser!... Não é!"

Fosse como fosse, às sete horas aproximadamente, o limite da floresta não fora ainda atingido e a escuridão era já demasiado intensa. Briant e Doniphan decidiram parar e passar a noite ao abrigo das árvores. Com um bom pedaço de carne não haveria fome. Com bons cobertores, não haveria frio. Nada teria impedido de acender fogueira de galhos secos se tal precaução, excelente contra os animais, não fosse comprometedora para o caso de algum indígena se aproximar durante a noite.

— É melhor não corrermos o risco de ser descobertos — observou Doniphan.

Depois de entrar em cheio nas provisões de viagem dispuseram-se a estender-se ao pé de enorme bétula, quando Service mostrou, a alguns passos, um tufo espesso. Desse tufo — tanto quanto se podia julgar na escuridão — saía uma árvore de pequena altura, cujos ramos baixos caíam até a terra. Foi ali, sobre um monte de folhas secas, que todos se deitaram depois de terem se envolvido em seus cobertores.

Eram perto de sete horas quando Briant e seus companheiros acordaram. Os raios de sol iluminavam vagamente ainda o local onde haviam passado a noite. Service foi o primeiro a sair do abrigo, começando então a fazer exclamações de surpresa.

— Briant!... Doniphan!... Wilcox!... Venham! Venham depressa!

— Que é que há? — perguntou Briant

— Sim! O que há?... — perguntou Wilcox.

— Olhem! — respondeu Service. — Vejam onde dormimos!

Era uma cabana de folhagens, uma daquelas choças que os índios chamam tijupá e são feitas de ramos entrelaçados. Semelhante às que servem aos indígenas da América do Sul, devia ser de construção antiga, pois sua cobertura e suas paredes sustentavam-se apenas graças à árvore na qual se apoiava e cuja ramagem vestia de novo a palhoça,

— Então existem habitantes? — disse Doniphan, lançando rápidos olhares em torno.

— Ou, pelo menos, houve! — respondeu Briant. — Pois esta palhoça não se construiu sozinha!

— Isto explicaria a existência da passagem feita através do riacho — observou Wilcox.

Era evidente que tais indígenas freqüentavam ou haviam freqüentado a floresta em época mais ou menos longínqua. Ora, tais habitantes não podiam ser senão índios, se a terra pertencia ao Novo Continente, ou polinésios e mesmo canibais, se era ilha pertencente a algum grupo da Oceania! Essa última eventualidade acarretaria perigos e, mais do que nunca, importava que a questão fosse resolvida.

Briant ia recomeçar a marcha, quando Doniphan propôs visitar minuciosamente a cabana, que parecia ter sido abandonada muito tempo antes. Talvez se achasse ali um objeto qualquer, utensílio, instrumento, ferramenta, que fornecesse pista para a descoberta de sua origem. O leito de folhas secas, estendido no solo da palhoça, foi voltado com cuidado e, num canto, Service apanhou um fragmento de terracota, que devia ser de tigela ou botija... Novo indício do trabalho humano, mas que nada mais dizia. Não restava outra coisa a fazer senão continuar o caminho.

Desde as sete e meia, os rapazes, com a bússola na mão, dirigiam-se para o leste sobre solo em declive ligeiro. Andaram assim durante duas horas, lentamente, muito lentamente, no meio de arbustos e ervas emaranhadas e, por duas ou três vezes, tiveram que abrir caminho a machado. Finalmente, um pouco antes de dez horas, apareceu horizonte diferente da interminável cortina de árvores. Além da floresta, estendia-se vasta planície, semeada de aroeiras, tomilhos e urzes. A um quilômetro para o leste, era limitada por faixa de areia batida docemente pelas ondas daquele mar entrevisto por Briant, que se estendia até aos limites do horizonte...

A água era doce!

Doniphan calou-se. Custava-lhe reconhecer que seu colega não tinha cometido erro. Entretanto, Briant não procurava mostrar-se triunfante e examinava aquelas paragens com o binóculo.

Ao norte, a costa vivamente iluminada pelos raios do sol, curvava-se um pouco sobre a esquerda. Ao sul, o mesmo aspecto. Apenas o litoral se arredondava por curva mais pronunciada. Agora não havia mais dúvidas! Não era um continente, era uma ilha, e era preciso renunciar a toda esperança de salvação, se não viesse socorro do exterior.

Ao largo, nenhuma outra terra à vista. Parecia que a ilha era isolada e como que perdida no meio da imensidão do Pacífico! Entretanto, Briant, Doniphan, Wilcox e Service, tendo atravessado a planície, que se estendia até a areia, fizeram parada junto de um cômoro. Sua intenção era almoçar, depois retomar o caminho através da floresta. Talvez, andando depressa, não lhes fosse impossível estar de volta ao *Sloughi* antes da noite cair. Durante o almoço, que foi bastante triste, trocaram apenas algumas palavras. Finalmente, Doniphan, pegando seu saco e seu fuzil, levantou-se e disse apenas:

— Partamos.

E todos quatro, depois de ter lançado um último olhar sobre o mar, dispuseram-se a atravessar a planície, quando Fido partiu pulando para o lado da areia.

— Fido!... Aqui, Fido! — exclamou Service.

Mas o cão continuou a correr cheirando a areia molhada. Depois, atirando-se num pulo no meio das pequenas ondas, pôs-se a beber avidamente.

— Está bebendo! Está bebendo! — exclamou Doniphan.

Num instante, Doniphan atravessou a faixa de areia e levou aos lábios um pouco daquela água na qual Fido matava a sede. Era doce! Era um lago que se estendia até ao horizonte do leste... Não era o mar!

8
A CAVERNA E O ESQUELETO

A importante questão, da qual dependia o salvamento dos jovens náufragos, não estava definitivamente resolvida. Que o pretenso mar fosse um lago, não havia nenhuma dúvida. Todavia, o lago apresentava dimensões bastante consideráveis. Era muito possível, portanto, que se estivesse sobre um continente e não sobre uma ilha.

— Talvez tenhamos naufragado no continente americano? — disse Briant.

— Eu sempre achei isto — respondeu Doniphan, — e parece que não me enganei.

— Em todo caso — continuou Briant — era mesmo água que eu vi a leste...

— Seja, mas não era mar!

Essa réplica deixava transparecer em Doniphan a satisfação que provava mais vaidade do que coração. Briant não insistiu. No interesse comum, mais valia que ele tivesse se enganado. Num continente, não se estaria prisioneiro como numa ilha. Entretanto, seria necessário esperar época mais favorável para empreender viagem para o leste. As dificuldades experimentadas, só para vir do acampamento até o lago, durante percurso de apenas algumas milhas seriam incomparavelmente maiores quando se tratasse de caminhar muito tempo com todo o pequeno grupo. Estava-se já no começo de abril e o inverno austral é mais precoce do que o da zona boreal. Não se podia pensar em partir senão quando voltasse a primavera. No entanto, na baía do oeste, batida incessantemente pelos ventos do largo, a situação não seria suportável por muito mais tempo. Antes do fim do mês, teriam necessidade de deixar a escuna. Como Gordon e Briant não descobriram caverna na base ocidental da falésia, seria preciso verificar se não poderiam estabelecer-se em melhores condições do lado do lago. Convinha, portanto, visitar cuidadosamente os arredores! Esta exploração impunha-se, embora atrasasse a volta em um dia ou dois. Sem dúvida, isto iria causar em Gordon viva inquietação. Mas Briant e Doniphan não hesitaram. Suas provisões podiam durar ainda quarenta e oito horas e nada fazia prever mudança de tempo. Então foi decidido que se desceria na direção do sul costeando o lago. E depois havia outro motivo, que os devia levar a fazer maiores pesquisas.

Incontestavelmente, esta parte do território tinha sido habitada ou, pelo menos, freqüentada pelos indígenas. A calçada, posta sobre o riacho, a palhoça, cuja construção traía a presença do homem em época mais ou menos recente, eram outras tantas provas que deviam ser completadas, antes de se proceder a nova instalação. Talvez outros indícios viessem aumentar o número daqueles já verificados. À falta de indígenas, não podia acontecer que algum náufrago tivesse vivido ali até o momento em que, finalmente, tivesse atingido uma das cidades de tal continente? Valia a pena, indiscutivelmente, prolongar a exploração da zona ribeirinha do lago.

Mas Briant e Doniphan deveriam dirigir-se para o sul ou para o norte? Se fossem para o sul aproximariam-se do *Sloughi*, e, assim, resolveram ir nessa direção. Ver-se-ia mais tarde se não seria oportuno subir até a extremidade do lago. Os quatro puseram-se em marcha, às oito horas da manhã, através das dunas de que a planície estava cheia, limitada a oeste por arvoredo maciço.

Seguindo a margem, ora ao pé das dunas, ora sobre a faixa de areia, os rapazes puderam fazer boa jornada durante aquele dia. Não encontraram indícios de indígenas. Nenhuma fumaça se desprendia do maciço das árvores. Nenhuma pegada marcava a areia molhada. Parecia somente que sua margem ocidental curvava-se para o sul como para fechar-se naquela direção. Nenhuma vela mostrava-se no horizonte, nenhuma piroga à superfície do lago. Se tal território fora habitado, não parecia sê-lo atualmente.

Por duas ou três vezes, durante a tarde, alguns pássaros apareceram na orla da floresta.

— São avestruzes! — dizia Service.

— Pequenas avestruzes, neste caso — respondeu Doniphan, — pois são de pequeno porte!

— Se são avestruzes — disse Briant — e se estamos sobre um continente...

— Será que ainda duvida? — replicou ironicamente Doniphan.

— Deve ser o continente americano, onde tais animais se encontram em grande número — respondeu Briant. — Era isso que eu queria dizer!

Às sete horas, aproximadamente, pararam. No dia seguinte, a menos que surgissem imprevistos, o dia seria empregado para voltar à baía de Sloughi — nome que foi dado então àquele trecho do litoral, onde se tinha perdido a escuna.

Naquela noite, não teria sido possível ir em direção ao sul. No local corria um desses rios pelos quais se escoam as águas dos lagos e que seria preciso transpor a nado. A escuridão não permitia ver, senão imperfeitamente, a disposição dos lugares e parecia que uma falésia costeava a margem direita de tal curso de água.

Briant, Doniphan, Wilcox e Service, depois de terem jantado, não pensaram em mais nada senão em repousar, ao relento desta vez, por falta de abrigo. Mas as estrelas estavam tão brilhantes no firmamento quanto a lua crescente, que ia desaparecer no poente do Pacífico!

Tudo estava tranqüilo sobre o lago e sobre a areia. Os meninos, aninhados entre as enormes raízes duma faia, adormeceram com sono tão profundo que nem os relâmpagos poderiam interromper. Tanto quanto Fido, não ouviram nem os latidos bastante próximos que deviam ser de chacais, nem os rugidos das feras. A noite passou-se sem incidentes. Todavia, cerca de quatro horas da manhã, o cão deu sinais de agitação, rosnando surdamente e farejando o solo como se quisesse pesquisar algo.

Eram quase sete horas, quando Briant acordou seus companheiros encolhidos sob as cobertas. Todos levantaram-se em seguida e enquanto Service roía um pedaço de biscoito, os três outros foram dar um giro para além do curso de água.

— Na verdade — exclamou Wilcox, — fizemos muito bem em não querer transpor este rio ontem à noite, pois teríamos caído em pleno pântano!

— De fato — respondeu Briant, — é um charco que se estende para o sul e cujo fim não se vê!

— Vejam! — exclamou Doniphan. — Vejam a quantidade de marrecos e narcejas que voam à sua superfície! Se pudéssemos instalar-nos aqui para o inverno, estaríamos certos de que nunca faltaria caça!

— E por que não? — respondeu Briant, que se dirigia para a margem direita do rio.

Atrás erguia-se alta falésia que terminava por contraforte cortado a pique. De seus dois reversos, que se juntavam quase em ângulo reto, um se dirigia lateralmente pela beira do pequeno rio, enquanto o outro fazia face ao lago. Esta falésia seria a mesma que emoldurava a baía de Sloughi, prolongando-se para o noroeste?

A margem direita do rio tinha seis metros de altura e costeava a base das elevações vizinhas. A esquerda, muito baixa, mal se distinguia dos recortes dos charcos, da voragem daquela planície pantanosa que se estendia a perder de vista para o sul. Para perceber a direção do curso de água seria necessário subir à falésia, e Briant dizia consigo mesmo que não retomaria o caminho da baía de Sloughi sem realizar tal ascensão.

Em primeiro lugar, tratava-se de examinar o rio no lugar onde as águas do lago entravam para o seu leito. Não media mais do que quarenta passos de largo, mas devia crescer em largura como em profundidade, à medida que se aproximasse de sua embocadura, por poucos afluentes que recebesse, quer do pântano, quer dos platôs superiores.

— Olhem! Vejam! — exclamou Wilcox, no momento em que atingia o sopé do contraforte.

O que atraía sua atenção era um amontoado de pedras, formando uma espécie de represa — disposição análoga àquela que já fora observada na floresta.

— Não há mais dúvida, desta vez! — disse Briant.

— Não!... Não há dúvida! — respondeu Doniphan, mostrando fragmentos de madeira na extremidade da represa.

Tais fragmentos eram muito provavelmente de um casco de embarcação. Entre outros, havia uma peça de madeira, podre e cheia de musgo, cuja curvatura indicava um pé de roda da proa, da qual pendia ainda um anel de ferro comido pela ferrugem.

— Um anel!... um anel! — exclamou Service.

E todos, imóveis, olhavam em torno como se o homem que se tinha servido daquela canoa, que havia erguido aquela barragem, estivesse a ponto de aparecer. Muitos anos tinha se escoado desde que tal embarcação fora abandonada à beira do rio. Ou o homem, cuja vida se tinha passado voltara ao convívio de seus semelhantes, ou sua miserável existência tinha-se extinguido sobre aquela terra sem que tivesse podido deixá-la jamais.

Compreende-se a emoção dos jovens, diante de tais testemunhos de intervenção humana que não era mais possível contestar! Foi então que eles observaram os modos estranhos do cão. Estava certamente numa pista. Suas orelhas erguiam-se, sua cauda agitava-se violentamente, seu focinho farejava o solo, introduzindo-se nas ervas.

— Vejam o jeito de Fido! — disse Service.

— Pressentiu alguma coisa! — respondeu Doniphan que se aproximou do cão.

Fido acabava de parar, com uma pata no ar, o pescoço estendido. Depois, de repente lançou-se para a touceira das árvores que se agrupavam ao pé da falésia do lado do lago. Briant e seus camaradas seguiram-no. Alguns instante depois paravam diante de velha faia, sobre cuja casca estavam gravadas duas letras e uma data dispostas deste modo

F. B.

1807

Briant, Doniphan, Wilcox e Service teriam ficado muito tempo mudos e imóveis diante da inscrição se o cachorro, voltando sobre seus próprios passos, não tivesse desaparecido no ângulo do contraforte.

— Aqui, Fido, aqui!... — exclamou Briant.

O cão não voltou, mas seus latidos precipitados fizeram-se ouvir.

— Atenção todos! — disse Briant. — Não nos separemos e estejamos atentos!

De fato, não se podia agir senão com demasiada cautela. Talvez um bando de indígenas se encontrasse na vizinhança. Os fuzis foram carregados, os revólveres postos à mão, prontos para a defesa. Os jovens foram marchando. Depois, tendo dado a volta no contraforte, deslizaram ao longo da borda apertada do rio. Não tinham dado vinte passos quando Doniphan curvou-se para apanhar um objeto no solo.

Era um enxadão, que mal se segurava a um cabo meio podre, de origem americana ou européia, e não ferramenta grosseira daquelas fabricadas por selvagens polinésios. Como o anel da embarcação, estava profundamente oxidado e, sem dúvida, desde muitos anos estava abandonado naquele local.

Ali também, ao pé da falésia, viam-se indícios de cultura, alguns sulcos regularmente traçados, pequeno quadrado de inhames que, à falta de trato, tinham voltado ao estado selvagem. De repente, um uivo lúgubre atravessou o ar. Logo depois Fido reapareceu preso de agitação mais inexplicável

Dando a volta no contraforte, deslizaram ao longo da borda do rio.

ainda. Dava voltas em torno de si mesmo, corria para a frente de seus jovens donos, olhava-os, chamava-os e parecia convidá-los a seguirem-no.

— Deve haver alguma coisa extraordinária! — disse Briant, que procurava acalmar o cão.

— Vamos aonde quer levar-nos — respondeu Doniphan, fazendo sinal a Wilcox e a Service para que o seguissem.

A uma distância de dez passos, Fido ergueu-se diante de uma touceira de arbustos, cujos galhos se prendiam à própria base da falésia.

Briant avançou para ver se ali não se escondia o cadáver de um animal ou mesmo o de um homem, na pista do qual Fido teria saído... E eis que, afastando os arbustos, percebeu estreita abertura!

— Existe aqui então uma caverna! — exclamou recuando alguns passos.

— É provável — respondeu Doniphan. — Mas o que há nessa caverna?

— Já vamos ficar sabendo! — disse Briant.

Com o seu machado, pôs-se a cortar os ramos que obstruíam o orifício. Entretanto, não ouviram nenhum ruído suspeito. E já Service dispunha-se a deslizar pelo orifício que fora rapidamente posto a descoberto quando Briant lhe disse:

— Vejamos primeiro o que Fido vai fazer!

O cão soltava sempre latidos roucos, o que em nada os tranqüilizava. No entanto, se houvesse um ser vivo escondido naquela caverna, já teria saído! Todavia, como poderia acontecer que a atmosfera estivesse viciada no interior da caverna, Briant atirou pela abertura um punhado de ervas secas, às quais pusera fogo previamente. As ervas espalhando-se pelo chão, arderam vivamente, prova de que o ar era respirável.

— Vamos entrar? — perguntou Wilcox.

— Sim — respondeu Doniphan.

Briant iluminou a caverna.

— Esperem ao menos que arranjemos alguma luz! — disse Briant.

E, cortando um galho resinoso dos pinheiros que cresciam na borda do rio, acendeu-o. Seguido de seus camaradas, arrastou-se entre os abrolhos. À entrada, o orifício media metro e meio de altura por setenta centímetros de largura. Mas alargava-se repentinamente para formar uma escavação de mais de três metros de altura pelo dobro de largura e cujo solo era formado de areia seca e muito fina.

Ao penetrar ali, Wilcox tropeçou num banquinho de madeira, colocado perto de uma mesa, sobre a qual se viam alguns utensílios domésticos, uma bilha de pedra, grandes conchas que deviam ter servido de pratos, uma faca de lâmina dentada e cheia de ferrugem, dois ou três anzóis. Junto da parede oposta encontrava-se uma espécie de baú, feito de tábuas grosseiramente ajustadas e que continham roupas rasgadas. Não havia dúvida de que a escavação tinha sido habitada. Mas em que época e por quem? O ser humano que vivera ali jazia nalgum canto?... No fundo havia um catre miserável, coberto por um cobertor de lã em farrapos. À cabeceira, sobre um banco, havia uma segunda xícara e um castiçal de madeira, cujo bocal continha apenas uma ponta de mecha carbonizada. Os rapazes recuaram no primeiro instante pensando que tal cobertor escondia um cadáver. Briant, dominando sua repugnância, levantou-o... O catre estava vazio.

Um instante depois, vivamente impressionados, todos quatro reuniram-se a Fido, que, do lado de fora, continuava uivando tristemente.

Então, desceram pela borda do rio e pararam, de súbito.

Um sentimento de horror fixou-os ao solo.

Ali, entre as raízes de uma faia, os restos de um esqueleto jaziam no chão.

Assim, naquele lugar, viera morrer o infeliz que vivera na caverna, durante muitos anos, sem dúvida, e o abrigo selvagem do qual fizera a sua moradia não lhe servira de túmulo.

Os restos de um esqueleto jaziam no chão.

9
O MAPA DA ILHA

Briant, Doniphan, Wilcox e Service ficaram em profundo silêncio. Quem seria aquele homem que tinha vindo morrer ali? Era um náufrago, a quem o socorro faltou até ao último momento? A que nação pertenceria? Teria vindo jovem? Teria morrido velho? Como teria suprido suas necessidades? Se fora um naufrágio que ali o atirara, haveria outros que teriam sobrevivido à catástrofe? Depois teria ficado só, após a morte de seus companheiros de infortúnio? Os diversos objetos encontrados na caverna provinham de sua embarcação ou os teria fabricado a mão? Quantas perguntas ficariam talvez para sempre sem resposta? E, entre todas, uma das mais graves! Se era em um continente que tal homem tinha encontrado refúgio, por que não tinha ido para alguma cidade do interior, algum porto do litoral. A volta representava então tais dificuldades, tais obstáculos que ele não os pôde vencer ? A distância a percorrer era tão grande que seria preciso considerá-la intransponível? O que era certo é que aquele infeliz tombara, vencido pela fraqueza ou pela idade, que não tivera forças para voltar à caverna, que tinha perecido ao pé daquela árvore!... E se os meios lhe tinham faltado para ir procurar o salvamento no norte ou no leste do território, não faltariam igualmente aos jovens náufragos do *Sloughi*?

Fosse como fosse, era necessário visitar a caverna com o maior cuidado. Quem sabe se não se acharia algum documento, com qualquer esclarecimento sobre tal homem, sua origem, a duração de sua permanência? Sob outro ponto de vista, convinha verificar se poderiam ali instalar-se durante o inverno, depois de abandonar o iate.

— Venham — disse Briant.

E, seguidos de Fido, deslizaram pelo orifício, à luz de outra tocha. O primeiro objeto que perceberam sobre uma tábua fixa na parede da direita foi um pacote de velas grosseiras, fabricadas com sebo e fios de estopa. Service apressou-se em acender uma delas, que colocou no castiçal de madeira, e as pesquisas continuaram. Antes de tudo, era preciso examinar a disposição da caverna, pois não havia mais dúvida de que era habitável. Era um vazio que, evidentemente, devia remontar à época das formações geológicas. Não apresentava nenhum traço de umidade, se bem que a ventilação não se fizesse senão pelo único orifício por onde entraram. Suas paredes estavam tão secas como se fossem de granito, sem o menor vestígio de infiltrações cristalizadas, rosários de gotas, que, em certas grutas de pórfiro ou basalto, formam as estalactites. Aliás, sua orientação a punha ao abrigo dos ventos do mar. A bem dizer, o dia mal penetrava ali. Mas, cavando-se uma ou duas aberturas na parede, seria fácil remediar o inconveniente e arejar o interior para as necessidades de quinze pessoas.

Quanto às suas dimensões — sete metros de largura por dez de comprimento, — a caverna seria certamente insuficiente para servir ao mesmo tempo de dormitório e almoxarifado da cozinha. Mas tratava-se de ali passarem cinco ou seis meses de inverno. Depois, seguir-se-ia pelo caminho do nordeste para atingir alguma cidade da Bolívia ou da República Argentina. Evidentemente, no caso em que fosse indispensável se instalarem de modo definitivo, procurariam acomodar-se mais à vontade, cavando o maciço, que era de calcário muito macio. Mas, fosse como fosse, deveriam contentar-se com ela até a volta do verão.

Briant fez minucioso inventário dos objetos. Na verdade, eram bem poucas coisas! Aquele infeliz devia ter chegado à nudez quase completa. De seu naufrágio, o que pudera recolher? Nada, além de destroços disformes, madeiras quebradas, fragmentos do casco, que lhe tinham servido para fabricar aquele catre, a mesa, aquela arca e bancos, tamboretes — único mobiliário de sua miserável moradia. Menos favorecido do que os sobreviventes do *Sloughi*, não pudera ter tanto material à sua disposição. Algumas ferramentas, um enxadão, um machado, dois ou três utensílios de cozinha, pequeno tonel que deveria ter contido aguardente, um martelo, dois cinzéis, um serrote — foi só o que se encontrou em primeiro lugar. Os utensílios tinham sido salvos, evidentemente, naquela embarcação da qual só restavam fragmentos perto da represa do rio.

Era o que pensava Briant e que explicava a seus camaradas. E, então, depois da sessão de horror que sentiram à vista do esqueleto, pensando que estavam destinados talvez a morrer no mesmo abandono, veio-lhes o pensamento de que nada lhes faltava daquilo que faltou àquele desventurado e sentiram-se inclinados a ter confiança.

Continuando as pesquisas, outros objetos foram encontrados: outra faca, com a lâmina quebrada, um compasso, uma chaleira, uma cavilha de ferro, um passador, espécie de ferramenta de marinheiros. Mas não havia qualquer instrumento de marinha, nem binóculo, nem bússola, nem mesmo arma de fogo para caçar, ou defender-se contra os animais ou os indígenas!

Entretanto, como era preciso viver, aquele homem esteve certamente limitado a armar alçapões. Aliás, um esclarecimento foi feito a tal respeito, quando Wilcox exclamou:

— O que é isto?

— Isto? — respondeu Service.

— É um jogo de esferas — respondeu Wilcox.

— Um jogo de esferas? — disse Briant, não sem surpresa.

Mas ele reconheceu a seguir qual o uso que fora dado por certo a essas duas pedras redondas que Wilcox acabava de pegar. Era um daqueles engenhos de caça, que se compõem de duas bolas unidas uma à outra por corda e que são empregados pelos índios da América do Sul. Quando mão hábil atira tais bolas, elas se enrolam em torno das pernas do animal, cujos movimentos ficam paralisados, tornando-se presa fácil do caçador. Indubitavelmente, fora o habitante daquela caverna que fabricara tal engenho e também um laço, longa tira de couro que se manobra como as bolas, mas à distância mais curta.

À cabeceira da enxerga, sob o pano da coberta, que Briant havia retirado, Wilcox descobriu um relógio preso por prego à parede. Menos vulgar do que os relógios dos marinheiros, era de fabricação delicada. Compunha-se de dupla caixa de prata, da qual pendia uma chave, presa por corrente do mesmo metal.

— A hora!...Vejamos a hora! — exclamou Service.

— A hora não nos esclarecerá nada — respondeu Briant.

— Provavelmente este relógio deve ter parado alguns dias depois da morte do infeliz!

Briant abriu a caixa, com alguma dificuldade, por estarem as juntas oxidadas, e pôde ver que os ponteiros marcavam três horas e vinte e sete minutos.

— Mas — observou Doniphan, — o relógio tem um nome... isto pode...

— Tem razão — respondeu Briant.

Depois de observar o interior da caixa, conseguiu ler estas palavras gravadas sobre a placa:

— Delpeuch, Saint-Malo — o nome do fabricante e seu endereço.

— Era um francês, compatriota meu! — exclamou Briant com emoção.

Não havia mais dúvidas. Um francês tinha vivido naquela caverna até a hora em que a morte viera pôr termo a sua miséria. A esta prova logo se acrescentou outra não menos decisiva, quando Doniphan, que havia arredado o catre, apanhou no chão um caderno, cujas páginas amareladas estavam cobertas por escrita feita a lápis.

Por infelicidade, a maioria das linhas estavam quase ilegíveis. Algumas palavras, entretanto, puderam ser decifradas e, entre outras, estas: *Francisco Baudoin*. Dois nomes e eram aqueles cujas iniciais o náufrago gravara na árvore! O caderno era um diário de sua vida, desde o dia em que dera à costa! E, nos fragmentos de frases que o tempo não tinha apagado completamente, Briant conseguiu ler ainda estas palavras: *Duguay-Trouin* — evidentemente o nome do navio que se tinha perdido naquelas longínquas paragens do Pacífico. No princípio, uma data: a mesma que estava inscrita sob as iniciais e, sem dúvida a do naufrágio! Havia, portanto, cinqüenta e três anos que Francisco Baudoin fora lançado sobre aquele litoral. Durante todo o tempo de sua estada ali, não havia recebido nenhum socorro de fora! Ora, se Francisco Baudoin não pudera sair para qualquer ponto do continente era, então, porque obstáculos intransponíveis se tinham erguido diante dele!...

Mais do que nunca os jovens compreenderam a gravidade da situação. Como conseguiriam aquilo que um homem, um marinheiro habituado aos trabalhos rudes, exercitado nas duras fadigas, não pudera realizar? Um último achado iria fazê-los saber que toda a tentativa para deixar aquela terra seria vã. Folheando o caderno, Doniphan percebeu um papel dobrado entre as páginas. Era um mapa traçado com uma espécie de tinta, provavelmente feita com água e ferrugem.

— Um mapa! — exclamou.

— Que Francisco Baudoin com certeza desenhou! — respondeu Briant.

— Se é assim, tal homem não devia ser um simples marinheiro — observou Wilcox, — mas um dos oficiais do *Duguay-Trouin*, pois era capaz de levantar uma planta.

Era o mapa daquela região! Logo no primeiro olhar reconhecia-se a baía de Sloughi, o banco dos recifes, a praia sobre a qual eles tinham feito o acampamento, o lago cuja margem ocidental Briant e seus companheiros acabavam de contornar, as três ilhotas situadas ao largo, a falésia que se curvava até a beira do rio, as florestas de que estava coberta toda a região central! Além da margem oposta do lago, figuravam ainda outras florestas, que se estendiam até a beira de outro litoral... e esse litoral... o mar banhava-o sobre o seu perímetro.

Assim caíam os projetos de subir na direção do leste para procurar o salvamento! Assim Briant tivera razão contra Doniphan! Assim o mar contornava por toda a parte o pretenso continente... Era uma ilha, e eis por que Francisco Baudoin não tinha podido dali sair!

Era fácil ver sobre o mapa que os contornos gerais da ilha tinham sido reproduzidos com bastante exatidão. Seguramente as distâncias não teriam sido levantadas senão por estimativa, de acordo com o tempo empregado em percorrê-las e não por medidas de triangulação. Mas, a julgar pelo que Briant e Doniphan conheciam da parte compreendida entre a baía de Sloughi e o lago, os erros não podiam ser muito importantes. Estava demonstrado, por outro lado, que o náufrago percorrera toda a ilha, posto que tinha anotado os principais detalhes geográficos e, sem dúvida, a palhoça, bem como a barragem do riacho deviam ser trabalho seu.

A disposição que apresentava a ilha, tal como a havia desenhado Francisco Baudoin, era a seguinte: sua forma era oblonga e parecia-se com enorme borboleta de asas abertas. Apertada na sua parte central, entre a baía de Sloughi por outra baía que reencontrava a leste, apresentava a terceira, bem mais aberta na sua parte meridional. No centro de moldura de vastas florestas, estendia-se o lago, com comprimento de cerca de nove quilômetros e largura de três. Isto explicava por que, no primeiro momento, eles o haviam tomado por mar. Muitos rios saíam do lago e notadamente aquele que, correndo diante da caverna, ia desaguar na baía de Sloughi, perto do acampamento.

A única elevação mais ou menos importante da ilha parecia ser a falésia, disposta obliquamente, desde o promontório ao norte da baía até a margem direita do rio. Quanto a sua região setentrional, o mapa indicava como sendo árida e arenosa, enquanto que além do rio estendia-se pântano imenso que formava cabo alongado para o sul. No nordeste e sudeste sucediam-se longas linhas de dunas, as quais davam a esta parte do litoral aspecto muito diferente do que tinha a baía de Sloughi.

Finalmente, de acordo com a escala traçada embaixo do mapa, a ilha devia medir cerca de cinqüenta milhas no seu maior comprimento, de norte a sul, por vinte e cinco na sua maior largura, de oeste a leste. Tendo em conta as irregularidades de sua configuração, devia ter cento e vinte e cinco quilômetros de circunferência. Quanto a saber a que grupo da Polinésia pertencia a ilha, se estava ou não isolada no meio do Pacífico, era impossível formular conjecturas sérias a tal respeito.

Fosse como fosse, era uma instalação definitiva e não provisória que se impunha aos náufragos do *Sloughi*. E, já que a caverna lhes oferecia refúgio excelente, conviria transportar para ali o material, antes que as primeiras borrascas do inverno acabassem de demolir a escuna. Deviam voltar ao acampamento, sem demora. Gordon devia estar muito inquieto, temendo que lhes houvesse acontecido alguma desgraça, já que haviam partido há três dias.

Por conselho de Briant, decidiu-se que a volta se faria no mesmo dia, às onze horas da manhã. Era inútil subir a falésia, pois o mapa indicava que o caminho mais curto era seguir a margem direita do rio que corria de leste a oeste. Eram quatro quilômetros no máximo a fazer até a baía e poderiam ser transpostos em poucas horas. Antes de partir, os meninos quiseram render as últimas homenagens ao náufrago francês. O enxadão serviu para cavar um túmulo ao pé da árvore sobre a qual Francisco Baudoin gravara as iniciais de seu nome e cujo lugar foi marcado com uma cruz de madeira. Terminada a cerimônia piedosa, todos quatro voltaram à caverna e taparam o orifício a fim de que os animais não pudessem ali entrar. Depois de terminar o que lhes restava de provisões, desceram até a margem direita do rio, costeando a base da falésia. Uma hora mais tarde, chegaram ao local onde o maciço se afastava para tomar direção oblíqua, rumo a noroeste. Enquanto acompanharam o curso do rio, sua marcha foi bastante rápida, pois a borda era pouco fechada de árvores, arbustos ou ervas.

Enquanto andava, Briant, na previsão de que o rio serviria de comunicação entre o lago e a baía de Sloughi, não cessava de examiná-lo com atenção. Parecia-lhe que, sobre a parte superior de seu curso, ao menos, uma embarcação, ou jangada, poderia ser arrastada por meio de cordas ou croques — o que facilitaria o transporte de material, uma vez que se aproveitasse a maré, cuja ação se fazia sentir até no lago. O importante era que o curso não tivesse cachoeiras e que a falta de profundidade ou de largura não o tornasse impraticável. Nada disso foi observado. Sobre a extensão de três milhas, desde a saída do lago, o rio pareceu estar em excelentes condições de navegabilidade. Entretanto, cerca de quatro horas da tarde, o caminho da margem teve que ser abandonado. De fato, a margem direita era cortada por enorme brejo, cuja travessia não se podia tentar sem riscos. Assim, o mais prudente seria ir através da floresta.

Com a bússola na mão, Briant dirigiu-se para o noroeste de modo a alcançar a baía de Sloughi pelo caminho mais curto. Houve então atrasos consideráveis, posto que uma alta vegetação formava na superfície do solo inextricáveis emaranhados. Por outro lado, sob a cúpula espessa das bétulas, dos pinheiros e das faias, a escuridão fez-se quase prontamente com o pôr-do-sol.

Quatro quilômetros foram percorridos nestas condições fatigantes. Quando foi contornado o brejo, que se estendia profundamente para o norte, o melhor seria, certamente, voltar ao curso do rio, que, a confiar-se no mapa, se lançava na baía de Sloughi. Mas o recuo teria sido longo e Briant e Doniphan não quiseram perder tempo. Continuaram a introduzir-se pelo bosque e, às sete horas, aproximadamente, tiveram a certeza de que estavam perdidos.

Seriam então constrangidos a passar a noite sob as árvores? O mal não seria grande se as provisões não tivessem faltado justamente no momento em que a fome se fazia sentir vivamente.

— Continuemos — disse Briant. — Caminhando sempre para o oeste chegaremos sem dúvida ao acampamento...

— A não ser que o mapa nos tenha dado indicações falsas — respondeu Doniphan — e que este rio não seja o mesmo que se lança na baía!

— Por que este mapa não seria exato, Doniphan?

— E por que o seria, Briant?

Como se vê, Doniphan, que não tinha digerido sua decepção, obstinava-se em não conceder senão limitada confiança ao mapa do náufrago. Não tinha razão, entretanto, pois, na parte da ilha já reconhecida, era inegável que o trabalho de Francisco Baudoin apresentava exatidão real. Briant julgou inútil discutir sobre o assunto e voltaram a caminhar resolutamente.

Às oito horas era impossível reconhecer qualquer coisa, tão profunda era a escuridão. De súbito, por uma abertura das árvores, apareceu vivo clarão que se projetava através do espaço.

— Que é aquilo? — disse Service.

— Uma estrela cadente, suponho — respondeu Wilcox.

— Não, é um foguete... — replicou Briant — Que foi lançado do *Sloughi*!

— É, então, um sinal de Gordon! — exclamou Doniphan, que respondeu por um tiro.

Tomando por ponto de referência uma estrela, no momento em que segundo foguete subia na sombra, Briant e seus camaradas orientaram-se e, três quartos de horas depois, chegavam ao acampamento do *Sloughi*.

Fora Gordon, com efeito, que, com receio que eles se tivessem perdido, imaginara lançar alguns foguetes a fim de lhes assinalar a posição da escuna.

Excelente idéia, sem a qual, naquela noite, Briant, Doniphan, Wilcox e Service não teriam podido refazer-se das fadigas nos beliches do iate.

Gordon tivera a idéia de lançar foguetes para assinalar a posição da escuna.

10

NA GRUTA FRANCESA

É fácil imaginar o que foi a recepção feita a Briant e seus três companheiros. Gordon, Cross, Baxter, Garnett e Webb abriram-lhe os braços, enquanto que os pequenos lhes saltavam ao pescoço. Fido tomou sua parte na alegria geral, misturando seus latidos aos gritos dos meninos.

Todos queriam conhecer os incidentes de sua expedição. Entretanto, como estavam muito fatigados por dia tão longo de caminhada, a narrativa foi transferida para o dia seguinte.

— Nós estamos numa ilha!

Foi tudo quanto Briant se limitou a dizer e era o bastante para que o futuro se apresentasse com suas numerosas e inquietantes eventualidades. Apesar disso, Gordon acolheu a notícia sem mostrar muito desânimo.

— Bem, eu já o esperava e isto não me perturba mais!

No dia seguinte, cinco de abril, logo de madrugada, os rapazes, Gordon, Briant, Doniphan, Baxter, Cross, Wilcox, Service, Webb, Garnett — e também Moko, que era sensato, — reuniram-se sobre a proa do iate, enquanto os outros ainda dormiam. Briant e Doniphan tomaram a palavra cada um por sua vez e puseram seus companheiros ao corrente do que se tinha passado.

A narrativa foi minuciosamente feita, sem que Briant nem Doniphan omitissem qualquer minúcia. E todos, agora, observando o mapa, compreendiam bem que o salvamento não lhes podia chegar a não ser de fora.

Entretanto, se o futuro apresentava-se sob as mais sombrias cores, se os jovens náufragos nada podiam esperar senão de Deus, o que menos se amedrontou — convém insistir sobre este ponto — foi Gordon. O jovem americano não tinha família que o esperasse na Nova Zelândia. Assim, com seu espírito prático, metódico, organizador, a tarefa de fundar, por assim dizer, pequena colônia, não o assustava em nada. Via nisso oportunidade para exercer seu pendor natural e não hesitou em levantar o moral de seus camaradas, prometendo-lhes existência suportável, se o quisessem seguir.

Inicialmente, em virtude da ilha apresentar dimensões consideráveis, parecia impossível que ela não estivesse assinalada sobre o mapa do Pacífico, nas vizinhanças do continente sul-americano. Depois de exame minucioso, verificou-se que o atlas não indicava nenhuma ilha de certa importância fora dos arquipélagos, cujo conjunto inclui as Terras do Fogo ou de Magalhães, a ilha da Desolação, da Rainha Adelaide, de Clarença e outras. Ora, se a ilha fizesse parte desses arquipélagos, que são separados do continente apenas por estreitos canais, Francisco Baudoin tê-lo-ia indicado certamente em seu mapa. Era, portanto, uma ilha isolada e podia-se concluir que ela se encontrava provavelmente mais ao norte ou mais ao sul daquelas paragens. Mas sem os dados suficientes, sem os instrumentos necessários, era impossível levantar-lhe a situação no Pacífico. Nada havia a fazer senão instalarem-se definitivamente, antes que o mau tempo tornasse tal mudança impraticável.

— O melhor será fazer nossa moradia naquela caverna que descobrimos sobre as bordas do lago — disse Briant. — Oferece excelente abrigo.

— É grande o bastante para que possamos alojar a todos? — perguntou Baxter.

— Não — respondeu Doniphan, — mas poderemos aumentá-la, cavando outra reentrância no maciço! Temos ferramentas...

— Vamos nos instalar lá primeiro, assim como está — replicou Gordon, — mesmo que fiquemos apertados...

— E, sobretudo — acrescentou Briant, — tratemos de transferir-nos o mais rapidamente possível!

De fato, era urgente. Como bem observou Gordon, a escuna tornava-se dia a dia menos segura. As últimas chuvas, seguidas de calores demasiado fortes, tinham contribuído para abrir-lhe as juntas do casco e da ponte. As lonas rasgadas deixavam penetrar o ar e a água para o interior. Por outro lado, alguns orifícios abriam-se no fundo, havendo infiltrações provenientes das areias molhadas da praia. A inclinação do iate crescia e ao mesmo tempo afundava-se visivelmente num solo que se tinha tornado movediço. Se um temporal se desencadeasse sobre a costa, o *Sloughi* arriscava-se a ser desmembrado em poucas horas. Portanto, tratava-se não só de abandoná-lo sem demora, mas também de demoli-lo metodicamente, de modo a retirar dele tudo o que pudesse ser útil: vigas, tábuas, ferro, cobre, na perspectiva da instalação na Gruta Francesa — nome que foi dado à caverna em homenagem ao náufrago francês.

— E, enquanto não formos para lá, onde iremos morar? — perguntou Doniphan.

— Sob uma tenda — respondeu Gordon — que levantaremos sobre a margem do rio, entre as árvores.

— É o melhor a se fazer, sem perder tempo — disse Briant.

Com efeito, a demolição do iate, a descarga do material e das provisões, a construção de uma jangada para o transporte da carga, tudo isso exigiria pelo menos um mês de trabalho e, antes de deixar a baía de Sloughi, estar-se-ia nos primeiros dias de maio, que correspondem aos primeiros dias de novembro no hemisfério boreal, isto é, no princípio do inverno.

Era com razão que Gordon tinha escolhido a beira do rio para estabelecer novo acampamento, posto que o transporte deveria ser feito por via fluvial. Nenhum outro caminho teria sido mais direto nem mais cômodo. Carregar através da floresta ou sobre a margem do rio tudo o que restava do iate depois da demolição seria tarefa quase irrealizável. Ao contrário, utilizando-se durante várias marés o fluxo que se fazia sentir até ao lago, uma jangada chegaria ao destino sem demasiado sacrifício.

No seu curso superior, o rio não oferecia nenhum obstáculo, nem quedas, cachoeiras ou barragens. Nova exploração, que teve por alvo reconhecer o curso inferior, desde o brejo até a embocadura, foi feita com a canoa. Briant e Moko puderam certificar-se de que o curso era navegável. Havia ali uma via de comunicação segura e cômoda entre a baía de Sloughi e a Gruta Francesa.

Os dias foram empregados a dispor o acampamento à beira do rio. Os galhos baixos de duas faias, ligados por compridos paus aos galhos de terceira, serviram de sustentáculo à grande vela sobressalente do iate, cujos lados caíam até o chão. Foi para o abrigo desta tenda, solidamente fixada por cordas, que foram transportados os leitos, os utensílios de primeira necessidade, as armas, as munições, os pacotes de provisões. Como a jangada devia ser construída com os restos do iate, era preciso esperar que a demolição estivesse terminada.

O tempo manteve-se seco. Se, por vezes, houve algum vento, este vinha de terra e o trabalho pôde ser feito em boas condições. A quinze de abril aproximadamente, não restava mais nada a bordo da escuna, a não ser os objetos pesados, que não podiam ser retirados senão depois da desmontagem — entre outros, as peças de chumbo que serviam de lastro, as caixas de água presas no porão, o cabrestante, o fogão, pesados demais para serem carregados a mão. Quanto aos aparelhos, o mastro da mezena, vergas, ovéns e cabos de aço, correntes, âncoras, cordoalha, amarras, sirgas, fios de carrête e outros, cuja provisão era considerável, tudo foi, pouco a pouco, transportado para a vizinhança da tenda.

O trabalho assim andava de acordo com o plano e com um método em que se sentia a intervenção de Gordon, cujo senso prático jamais faltou. Evidentemente o que Doniphan lhe admitia não o teria admitido a Briant ou a qualquer outro.

Entretanto, o tempo urgia. A segunda quinzena de abril foi menos bela. A média de temperatura desceu sensivelmente. Várias vezes de manhã cedo a coluna termométrica caiu a zero. O inverno anunciava-se e com ele ia aparecer seu cortejo de granizo, de neve, de ventanias, tão temíveis nas altas paragens do Pacífico.

Por precaução, todos agasalharam-se melhor, usando seus grossos agasalhos, calças de fazenda encorpada, blusões de lã, arrumados na previsão de inverno rigoroso. Bastava consultar o caderno de Gordon para saber onde encontrar tais vestimentas classificadas pela qualidade e pelo tamanho. Era sobretudo com os pequenos que se preocupava Briant. Cuidava que não tivessem os pés frios, que não se expusessem às correntes de ar quando estavam suados. Ao menor resfriado não os deixava sair ou deitava-os mesmo perto de um bom braseiro, que era alimentado dia e noite. Por várias vezes, Dole e Costar tiveram que ficar presos na tenda ou na cama e Moko não lhes poupava as infusões, cujos ingredientes eram fornecidos pela farmácia de bordo.

Desde que o iate fora esvaziado de seu inteiro conteúdo, atiraram-se ao casco, que já se quebrava por toda parte.

As folhas de cobre do forro foram retiradas com cuidado para servir à instalação da Gruta Francesa. Houve grande trabalho que magoou bastante as mãos inexperientes. A desmontagem marchava lentamente, quando, a vinte e cinco de abril, uma tempestade veio em auxílio dos trabalhadores.

Durante a noite, se bem que já se estivesse na estação fria, levantou-se vento violento que fora anunciado pelos aparelhos de bordo. Os relâmpagos cortavam o céu. Os trovões foram contínuos desde a meia-noite até ao nascer do dia, para grande susto dos pequenos. Não choveu, felizmente. Mas por duas ou três vezes, foi preciso segurar a tenda contra a fúria do vento. Se ela resistiu, graças às árvores entre as quais estava amarrada, o mesmo não aconteceu com o iate, diretamente exposto aos ataques do mar. A demolição foi completa. O invólucro arrancado, o arcabouço desconjuntado, a quilha encontraram-se em breve reduzidos ao estado de destroços. Não houve razão para lamentações, por-

Era curioso vê-los amarrados a alguma grande peça de madeira, puxando-a em conjunto.

que as águas, ao retirar-se, não arrastaram senão parte dos destroços, que em sua maioria foram retidos pelas pontas dos recifes. Quanto às ferragens, não seria difícil encontrá-las sob as areias. E todos entregaram-se a essa tarefa.

Grande trabalho em verdade, mas que, com tempo e não sem grande fadiga, foi levado ao fim. Era curioso vê-los todos, amarrados a alguma peça de madeira pesada, puxando-a em conjunto, e dando gritos para estimularem-se. A fim de facilitar a tarefa do transporte de grandes peças, utilizaram grandes paus, que faziam o papel de alavancas, e outros, cilíndricos, postos por baixo, funcionavam como rodas. O mais difícil foi conduzir o cabrestante, o fogão da cozinha e as caixas de água, em ferro zincado, cujo peso era considerável. Se Briant tivesse perto de si seu pai e Garnett o seu, o engenheiro e o capitão saberiam ter-lhes poupado muitos erros que cometeram e que deviam ainda cometer. Todavia, Baxter, de uma inteligência muito aberta às coisas de mecânica, desenvolveu muita habilidade e muito zelo. Foi devido a seus cuidados e com os conselhos de Moko que foram fixadas roldanas em estacas fincadas na areia, o que decuplicou as forças da equipe e os pôs em condições de terminar sua tarefa.

Até o dia vinte e oito, à noite, tudo o que restava do *Sloughi* já fora conduzido ao lugar do embarque. O mais difícil estava feito, pois seria o próprio rio que se ia encarregar do transporte daquele material até a Gruta Francesa.

— A partir de amanhã — disse Gordon — vamos nos dedicar à construção de nossa jangada...

— Sim — disse Baxter, — e para não ter o trabalho de a lançarmos, proponho construí-la na superfície do rio.

— Isso não será cômodo! — observou Doniphan.

— Não importa. Experimentemos! — respondeu Gordon.
— Se por um lado nos dá mais trabalho confeccioná-la, por outro não teremos que nos inquietar para pô-la sobre a água.

Os barrotes arrancados da escuna, a quilha quebrada em pedaços, o mastro da mezena e o pedaço do grande mastro quebrados acima da ponte, os varões e a viga mestra, o gurupés,

Deste modo foi obtida uma base sólida.

a verga da mezena, a retranca, a corda da vela distinta tinham sido transportados até um local da margem que ficava coberto pelas águas durante a maré alta. Chegada a ocasião, as peças foram levantadas pelo fluxo e empurradas para a superfície do rio. Ali as mais compridas foram reunidas, depois ligadas umas às outras pelas menores, firmemente amarradas.

Deste modo foi obtida base sólida, medindo cerca de doze metros de comprimento por cinco de largura. Trabalhou-se sem descanso durante o dia todo e a construção estava pronta ao cair da tarde. Briant tomou então a precaução de amarrá-la às árvores da margem, a fim de que a maré montante não pudesse conduzi-la rio acima para o lado da Gruta Francesa, nem a maré vazante, rio abaixo, para o lado do mar.

No dia seguinte, trinta, desde o amanhecer, todos puseram-se de novo ao trabalho de conclusão da jangada, que levou três dias, se bem que todos andassem depressa, pois havia pressa. Algumas cristalizações já se faziam notar na superfície das poças de água, entre os recifes e também nas beiras do rio. O abrigo da tenda começava a ser insuficiente, apesar do calor do braseiro. Gordon e seus camaradas embrulhavam-se em seus cobertores e comprimiam-se uns contra os outros. Era necessário ativar o trabalho para começar a instalação definitiva na Gruta Francesa.

A plataforma da jangada fora montada tão solidamente quanto possível. Por isso tiveram que retardar a partida por vinte e quatro horas.

— Entretanto — observou Briant, — temos interesse em não esperar além de seis de maio.

— Por quê? — perguntou Gordon.

— Porque depois de amanhã é lua nova — respondeu Briant — e as marés vão crescer durante alguns dias. Quanto mais fortes elas forem, mais nos ajudarão a subir o curso do rio. Se formos forçados a puxar a jangada pesada por meio de cordas ou a empurrá-la a croque jamais conseguiremos vencer a corrente.

— Tem razão — respondeu Gordon, — é preciso partir dentro de três dias no máximo!

O dia três de maio foi ocupado em colocar a carga cuidadosamente na jangada, de forma que ela ficasse equilibrada.

Todos procederam com tanta prudência e zelo que na tarde de cinco de maio cada objeto estava no seu devido lugar. Era só largar as amarras da jangada. Isto seria feito no dia seguinte pela manhã, às oito horas aproximadamente, logo que a maré montante se manifestasse na embocadura do rio.

Talvez eles imaginassem que uma vez terminado o trabalho poderiam gozar até à noite de repouso bem merecido. Mas tal não aconteceu, pois a proposta de Gordon deu-lhes ainda trabalho.

— Meus amigos — disse ele, — posto que vamos nos afastar da baía, não poderemos, como antes, vigiar o mar. Se algum navio viesse por estes lados, nós não lhe poderíamos fazer sinais. Assim seria necessário colocar um mastro sobre a falésia e içar uma de nossas bandeiras em caráter permanente.

Tendo sido aprovada a proposta, o mastro do cesto da gávea da escuna, que não tinha sido utilizado para nada na construção da jangada, foi arrastado até ao pé da falésia, cuja encosta, perto da margem do rio, oferecia rampa bastante praticável. Entretanto, foram precisos grandes esforços para subir aquele sinuoso e íngreme caminho que conduzia à crista.

Mas o objetivo foi alcançado e o mastro plantado solidamente no solo. Depois, por meio de uma adriça, Baxter içou o pavilhão inglês, ao mesmo tempo que Doniphan o saudava com um tiro de fuzil.

— Olá! — observou Gordon a Briant. — Eis Doniphan, que acaba de tomar posse da ilha em nome da Inglaterra!

— Muito me surpreenderia se ela já não lhe pertencesse! — respondeu Briant.

Gordon, não se contendo, fez um muxoxo de desdém, pois o modo pelo qual ele falava, às vezes, de *sua ilha* fazia crer que a considerava americana.

No dia seguinte, ao erguer do sol, todo mundo estava de pé. Todos se apressaram a desmontar a tenda e transportar os leitos para a jangada, onde as velas foram estendidas para protegê-los até ao seu destino. Parecia que nada havia a temer em relação ao tempo. Todavia, qualquer mudança na direção do vento poderia trazer para a ilha as condensações atmosféricas. Às sete horas, os preparativos estavam terminados. A plataforma fora feita de modo a que ali se pudesse viver dois ou três dias, se necessário. Quanto às provisões, Moko pusera de parte aquilo que era necessário para a travessia, sem necessidade de fogo.

Às oito e meia, cada um tomou lugar na jangada. Os maiores se mantinham nas bordas, armados de croques ou de paus — único meio de que dispunham para dirigi-la, pois leme não obteria qualquer efeito sobre a corrente.

Um pouco antes de nove horas, a maré fez-se sentir e o madeiramento da jangada começou a ranger surdamente, cujas peças jogavam em suas amarras. Mas, depois deste primeiro esforço, não houve mais receio de desarticulação.

— Atenção! — gritou Briant.

— Atenção! — gritou Baxter.

Ambos seguravam as extremidades das amarras, que retinham a embarcação tanto pela frente como por trás, sentindo pelas mãos seus menores movimentos.

— Estamos prontos! — gritou Doniphan, que estava com Wilcox na parte anterior da plataforma.

E depois de verificar que a jangada derivava sob a ação da maré, Briant exclamou:

— Larguem!

A ordem foi executada sem demora e o aparelho, tornando-se livre, subiu lentamente entre as duas margens, arrastando a canoa que trazia a reboque.

Foi uma alegria geral quando todos viram sua pesada embarcação em movimento. Não estariam mais satisfeitos se tivessem construído navio de alto bordo.

A jangada foi mantida tanto quanto possível junto à margem direita, onde mais diretamente se fazia sentir a corrente de fluxo e

O dia foi ocupado com o carregamento da jangada.

que podia fornecer ponto de apoio aos croques. Duas horas depois da partida, o caminho percorrido podia ser avaliado em cerca de dois quilômetros. Nenhum choque se produzira e, nestas condições, o aparelho chegaria sem avarias à Gruta Francesa.

Todavia — segundo estimativa feita anteriormente por Briant, — como, por um lado, o curso de água devia medir doze quilômetros desde sua nascente, no lago, até sua embocadura, na baía de Sloughi, e, por outro lado, podia-se apenas percorrer dois quilômetros durante a maré montante, seriam precisos vários fluxos para chegar ao destino. De fato, às onze horas, aproximadamente, a vazante começou a baixar as águas e então houve pressa em amarrar rapidamente o aparelho, a fim de que não derivasse para o mar. Só poderiam, então, aproveitar a maré noturna.

— Eu penso que seria muito imprudente prosseguir na escuridão — observou Gordon, — pois a jangada seria exposta a choques perigosos. A razão me aconselha a esperar até amanhã de manhã para aproveitar a maré diurna.

A proposta era demasiado sensata e teve aprovação geral. Mesmo que se perdessem vinte e quatro horas, era preferível tal atraso ao risco de comprometer a segurança da preciosa carga, entregue à corrente do rio. Havia, por conseguinte, meio dia a passar naquele local e mais a noite inteira. Então Doniphan e seus companheiros de caça habituais, acompanhados de Fido, apressaram-se a desembarcar pela margem direita.

Gordon recomendara que não se distanciassem muito e eles aceitaram a recomendação. Entretanto, como trouxeram dois pares de gordos perus selvagens e várias perdizes, seu amor-próprio teve ocasião de ficar satisfeito. Por conselho de Moko, a caça foi reservada para a primeira refeição almoço, jantar ou ceia — que se fizesse no refeitório da Gruta Francesa.

Durante a excursão, Doniphan não descobrira qualquer indício de natureza a revelar a presença remota ou recente de seres humanos. Quanto a animais, ele entrevira aves de grande porte fugindo através do mato, mas sem as defrontar.

O dia acabou e, durante toda a noite, não houve qualquer sinal de alerta. No dia seguinte, cerca de nove e três quartos, desde a subida do fluxo, a navegação foi recomeçada nas mesmas condições da véspera.

À noite, e mesmo durante o dia, o frio se fizera sentir. O que aconteceria se as águas do rio solidificassem, se alguns bancos de gelo saídos do lago derivassem para a baía de Sloughi? Motivo de grande inquietação, do qual só se libertariam depois de chegar à Gruta Francesa.

Não obstante, era impossível ir mais depressa do que o fluxo, impossível subir a corrente quando a maré descia. A viagem foi lenta. À uma hora da tarde, aproximadamente, foi feita parada na altura daquele brejo que Briant teve que contornar quando regressava à baía de Sloughi. Aproveitou-se então para explorar a zona ribeirinha. Durante três quilômetros a canoa, com Moko, Doniphan e Wilcox, dirigiu-se para o norte e não parou senão no momento em que a água faltou. O brejo era uma espécie de prolongamento do pântano que se estendia além da margem esquerda e parecia muito rico em caça aquática. Assim, Doniphan pôde caçar algumas narcejas, que foram juntar-se aos perus selvagens e perdizes, no guarda-comidas de bordo.

Noite tranqüila, mas glacial, com vento áspero que se engolfava através do vale do rio. Formaram-se alguns gelos leves que se quebravam ou dissolviam ao menor choque. A despeito de todas as precauções tomadas, ninguém se sentia à vontade sobre aquele estrado, embora cada um cuidasse de encolher-se sob as lonas. Alguns dos meninos, especialmente Jenkins e Iverson, ficaram com terrível mau-humor e lamentavam ter abandonado o acampamento do *Sloughi*. Foi preciso por várias vezes que Briant os reconfortasse com palavras animadoras.

Finalmente, na tarde do dia seguinte, com a ajuda da maré que durou até três horas e meia da tarde, a jangada chegou à vista do lago e foi encostar-se à margem, diante da porta da Gruta Francesa.

11

ORGANIZAM-SE OS NÁUFRAGOS

O desembarque fez-se sob exclamações de alegria dos pequenos, para os quais qualquer mudança na vida habitual equivalia a nova diversão. Dole pulava sobre a margem como cabrito e Iverson e Jenkins corriam à beira do lago, enquanto Costar, pegando Moko à parte, dizia:

— Você nos prometeu um bom jantar, grumete!

— Bem... hoje o senhor passará sem ele, senhor Costar — respondeu Moko.

— E por quê?

— Porque hoje não terei mais tempo de fazê-lo.

— Como? Então não se jantará?...

— Não, mas haverá os perus selvagens, que cairão bem à noite.

Moko ria-se mostrando seus belos dentes brancos. O menino, depois de dar-lhe palmada carinhosa, foi à procura de seus colegas. Briant havia-os intimado a não se afastarem para tê-los sempre debaixo dos olhos.

— Não vai com eles?... — perguntou Briant a seu irmão.

— Não! Eu prefiro ficar aqui! — respondeu Jacques.

— Seria melhor se fizesse algum exercício — continuou Briant. — Não estou contente com você, Jacques!... Está escondendo alguma coisa... Ou estará doente?

— Não irmão, não tenho nada!

O desembarque fez-se sob exclamações de alegria dos pequenos.

Sempre a mesma resposta, que não podia bastar a Briant, decidido a tirar as coisas a limpo, embora à custa de cena com o jovem teimoso. Entretanto, não havia uma hora a perder, se queriam passar aquela noite na Gruta Francesa. Em primeiro lugar, era preciso que todos conhecessem a caverna. Logo que a jangada foi solidamente amarrada à margem, fora da corrente do rio, Briant pediu a seus camaradas que o acompanhassem. O grumete munira-se de lanterna de bordo, cuja chama, muito aumentada pela potência de suas lentes, fornecia luz viva. Os galhos ainda se encontravam à porta. Portanto, nenhum ser humano, nenhum animal tinha tentado penetrar na Gruta Francesa. Depois de afastados, todos se esgueiraram pela estreita abertura. À claridade da lanterna, a caverna iluminou-se infinitamente melhor do que o fora ao clarão dos galhos resinosos ou às toscas lamparinas do náufrago

— Oh! Ficaremos muito apertados aqui! — observou Baxter, que acabava de medir a profundidade da caverna.

— Ora! — exclamou Garnett. — As camas ficarão uma sobre as outras como num camarote...

— Para quê? — replicou Wilcox. — Bastará enfileirá-las em ordem no chão...

— E depois não sobrará espaço para andar — replicou Webb.

— Não se andará, eis tudo! — respondeu Briant. — Tem algo melhor para oferecer-nos, Webb?

— Não, mas...

— Mas — retrucou Service — o importante é termos abrigo suficiente! Penso que Webb não imaginou encontrar aqui um apartamento completo, com salão, sala de jantar, quarto de dormir, vestíbulo, banheiro, varanda...

— Não — disse Cross. — Mas é preciso lugar onde se possa cozinhar...

— Arranjarei lá fora — respondeu Moko.

— Seria muito desconfortável durante o mau tempo — observou Briant. — Por isso, penso que amanhã deveremos colocar aqui mesmo o fogão do *Sloughi*.

— O fogão... na mesma cavidade onde comemos e onde dormimos! — replicou Doniphan em tom de desgosto muito acentuado.

— Não faz mal, depois você aspirará sais, lorde Doniphan! — exclamou Service, que explodiu numa gargalhada.

— Se me convier, ajudante de cozinha! — retrucou o orgulhoso menino, franzindo as sobrancelhas.

— Bem!... Bem!.. — apressou-se a dizer Gordon. — Quer a coisa seja ou não agradável, é preciso decidir. O fogão servirá ao mesmo tempo para cozinhar e aquecer o interior da caverna. Para termos mais espaço, cavaremos durante o inverno outros quartos no maciço, se for possível. Mas, de início, peguemos a Gruta Francesa tal como está e instalemo-nos o melhor possível!

Antes do jantar, as camas foram transportadas, depois arrumadas em ordem sobre a areia. Embora estivessem juntas umas às outras, os meninos, habituados às estreitas cabines da escuna, não deveriam importar-se muito com isso. A grande mesa do iate foi colocada no meio da caverna e Garnett, ajudado pelos pequenos que lhe traziam os diversos utensílios de bordo, encarregou-se de pôr a mesa.

Por seu lado, Moko, a quem se reuniu Service, tinha feito excelente trabalho. Uma fogueira disposta entre duas grandes pedras, junto ao contraforte da falésia, foi alimentada com madeira seca que Webb e Wilcox tinham ido procurar sob as árvores da orla. Às seis horas, aproximadamente, a carne de conserva fumegava, exalando excelente aroma. O que não impedia que uma dúzia de perdizes, enfiadas num espeto de ferro, se assassem em chama crepitante. E, enquanto Dole e Iverson cumpriam conscienciosamente o ofício de virar o espeto, Fido seguia seus movimentos com interesse muito significativo.

Antes da sete horas, todos estavam reunidos na única peça da Gruta Francesa — refeitório e dormitório ao mesmo tempo. Os bancos, os assentos dobráveis e as cadeiras de vime do *Sloughi* tinham sido trazidos, bem como os bancos do posto da equipagem. Os jovens convivas, servindo-se a si mesmos, auxiliados pelo grumete, fizeram refeição substancial. Sopa quente, um pedaço de carne, perdizes assadas, biscoitos à guisa de pão, água fresca com dez por cento de aguardente, um pedaço de queijo e alguns cálices de xerez à sobremesa compensaram-nos dos medíocres cardápios dos últimos dias. Fosse qual fosse a gravidade da situação, os pequenos deixavam-se levar pela alegria de sua idade e Briant teve o cuidado de não contrariar seus brinquedos nem reprimir suas risadas!

O dia fora fatigante. Depois da fome saciada, nada melhor do que repousar. Mas antes, Gordon, guiado por sentimento de conveniência religiosa, propôs visita ao túmulo de Francisco Baudoin, cuja residência eles habitavam agora.

A noite sombreava o horizonte do lago e as águas já não refletiam nem mesmo os últimos clarões do dia. Tendo contornado o contraforte, os meninos detiveram-se perto de ligeira elevação do solo sobre a qual se erguia pequena cruz de madeira. E, então, os pequenos, ajoelhados, e os grandes, curvados diante do túmulo, ergueram a Deus uma prece pela alma do náufrago.

Às nove horas, as caminhas estavam ocupadas e todos dormiam sono profundo. Somente Wilcox e Doniphan, aos quais cabia a vigília naquela noite, conservaram a fogueira à entrada da caverna, o que serviria para afastar os visitantes perigosos e aquecer o interior.

No dia seguinte, nove de maio, e durante os três dias que se seguiram, a descarga da jangada exigiu todos os braços. Já as nuvens persistiam em amontoar-se com os ventos do oeste, anunciando período de chuvas ou mesmo período de neve. De fato, a temperatura pouco ultrapassava de zero no termômetro e as zonas altas deviam estar muito frias. Importava, pois, que tudo o que se pudesse estragar, munições, provisões sólidas ou líquidas, fosse posto ao abrigo dentro da Gruta Francesa.

Durante alguns dias, em virtude da urgência do trabalho, os caçadores não se afastaram. Mas, como a caça aquática abundava, quer à superfície do lago, quer sobre os pântanos, à margem esquerda do rio, Moko não esteve desprovido. Narcejas, marrecos e patos selvagens proporcionaram a Doniphan a oportunidade de dar alguns tiros. Entretanto, Gordon não via sem desgosto o que a caça, embora feliz, consumia de chumbo e de pólvora. Cuidava acima de tudo de poupar as munições, cujas quantidades exatas havia anotado em seu caderno e recomendava a Doniphan limitar seus tiros.

— Vai nisso o nosso interesse futuro — disse-lhe ele.

— De acordo — respondeu Doniphan, — mas é preciso ser igualmente avaro de nossas conservas! Nós nos arrependeríamos de ter-nos privado delas, se algum dia se apresentar a ocasião de deixarmos a ilha...

— Deixar a ilha? — disse Gordon. — Seremos capazes de construir barco que possa enfrentar o mar?

— E por que não, Gordon, se existir continente na vizinhança?... Em todo caso, não tenho desejo de morrer aqui como o compatriota de Briant!...

— Seja — respondeu Gordon. — Entretanto, antes de pensar em partir, habituemo-nos à idéia de sermos forçados talvez a viver aqui durante anos e anos...

— Assim é o nosso Gordon! — exclamou Doniphan. — Estou certo de que ficaria encantado de fundar uma colônia...

— Sem dúvida, se não se pode fazer outra coisa!

— Oh! Gordon, não creio que encontre muitos partidários de sua loucura, nem mesmo seu amigo Briant!

— Temos tempo para discutir isso — respondeu Gordon. — E, a propósito de Briant, Doniphan, deixe-me dizer-lhe que anda errado a seu respeito. É um bom camarada, que nos tem dado provas de devotamento...

— Então, Gordon! — replicou Doniphan com aquele tom desdenhoso do qual não se podia separar. — Briant tem todas as qualidades! É uma espécie de herói!

— Não, Doniphan, tem seus defeitos, como nós. Mas seus sentimentos a seu respeito podem conduzir à desunião, o que tornaria nossa situação ainda mais penosa! Briant é estimado por todos...

— Oh! Todos!...

— Ou pelo menos pela maioria. Não sei por que Wilcox, Cross, Webb e você não querem aceitar nada dele! Digo isso, Doniphan, porque estou certo que refletirá a este respeito...

— Já refleti, Gordon!

Gordon viu que o orgulhoso menino estava pouco disposto a receber seus conselhos, o que o afligia, pois previa sérios aborrecimentos para o futuro. Como já foi dito, a descarga completa da jangada durou três dias. Só faltava demolir a plataforma e o estrado, cujos barrotes e tábuas poderiam ser empregados no interior da Gruta Francesa. Infelizmente, nem todo o material coube dentro da caverna e se não se conseguisse aumentá-la seria preciso construir galpão, sob o qual os pacotes seriam postos ao abrigo do mau tempo. Enquanto se aguardava, de acordo com o conselho de Gordon, tais objetos foram amontoados no ângulo do contraforte, depois de serem cobertos com lonas alcatroadas, que serviam para proteger as clarabóias e cobertas do iate.

No dia dez, Baxter, Briant e Moko procederam à montagem do fogão da cozinha e a respectiva chaminé.

Durante a semana seguinte, Doniphan, Webb, Wilcox e Cross, aos quais se juntaram Garnett e Service, puderam satisfazer seus gostos de caçador. Um dia, meteram-se pela floresta de bétulas e de faias. Em alguns lugares, o indício do trabalho humano pareceu-lhes bem visível. Eram fossos cavados no solo, encobertos por ramos, e bastante profundos. Os animais que ali caíssem não poderiam sair. Mas o estado destas covas indicava

Baxter ajuda na montagem do fogão e da chaminé.

que elas datavam de muitos anos já e uma delas continha ainda os restos de um animal cuja espécie era difícil de reconhecer.

— Em todo caso, são ossos de um animal de grande porte! — observou Wilcox, que se prestou a deslizar até ao fundo da cova, trazendo de lá os restos esbranquiçados pelo tempo.

— E era quadrúpede, pois aqui estão os ossos de suas quatro patas — acrescentou Webb.

— A não ser que haja aqui animais de cinco patas — respondeu Service, — este não poderia ser senão um carneiro ou um bezerro.

— Sempre com brincadeiras, Service — disse Cross.

— Não é proibido rir! — replicou Garnett.

— O que é certo — continuou Doniphan — é que este animal devia ser vigoroso. Vejam o tamanho de sua cabeça e de seu maxilar ainda com as presas! Que Service brinque, pois isso o diverte, com seus bezerros de saltimbanco e seus carneiros de feira! Mas, se este quadrúpede viesse a ressuscitar, creio que não seria para rir!

— Muito bem dito! — exclamou Cross, sempre disposto a achar excelentes as respostas de seu primo.

— Pensa então — perguntou Webb a Doniphan — que se trata de um carnívoro?

— Sim, sem a menor dúvida!

— Um leão?... um tigre?... — perguntou Cross, que não parecia muito tranqüilo.

— Se não for um tigre ou um leão — respondeu Doniphan, — é pelo menos um jaguar ou um puma!

— Será preciso tomarmos cuidado!... — disse Webb.

— E não nos aventurarmos demasiado longe! — acrescentou Cross.

— Ouça, Fido — disse Service, voltando-se para o cão, — existem por aqui grandes feras!

Fido respondeu por um latido alegre que não denotava nenhuma inquietação. Os jovens caçadores dispuseram-se então a voltar para a gruta.

— Uma idéia — disse Wilcox. — E se nós cobrirmos de novo esta cova com ramos novos?... Talvez caia aqui algum animal outra vez?

— Como quiser, Wilcox — respondeu Doniphan, — se bem que eu prefira pegar uma caça em liberdade do que massacrá-la no fundo de uma cova!

Apressou-se a pôr sua idéia em execução. Seus colegas ajudaram-no a cortar galhos nas árvores vizinhas. A fim de reconhecer o local onde fora feita a cova, Wilcox fez algumas marcas nas árvores até à orla da floresta e todos voltaram à Gruta Francesa.

As caçadas não deixavam de ser proveitosas. A caça de pena abundava. O mesmo ocorria com as de pêlo.

Foi também durante essas excursões que se fez boa provisão daquelas duas preciosas plantas descobertas por Briant, quando da primeira expedição ao lago. Era um aipo selvagem, que crescia em grande abundância sobre os terrenos úmidos, e aquele agrião, cujos rebentos novos constituem excelente antiescorbútico, quando começam a sair da terra. Esses vegetais figuravam em todas as refeições por medida de saúde.

Por outro lado, pescaram-se trutas a anzol, bem como uma espécie de lúcio muito agradável ao paladar. Enfim, um dia, Iverson voltou triunfalmente, trazendo um salmão de bom tamanho com o qual tinha lutado muito tempo. Se, portanto, na época em que tais peixes sobem a embocadura do rio se conseguisse fazer ampla provisão, ficaria assegurada preciosa reserva para o inverno.

Nesse ínterim, várias visitas tinham sido feitas à cova preparada por Wilcox, mas nenhum animal ali caiu, se bem que ali fosse posto um bom pedaço de carne que poderia atrair algum carnívoro. A dezessete de maio, entretanto, Briant e alguns outros tinham ido à parte da floresta próxima à falésia. Tratava-se de averiguar se nas vizinhanças da Gruta Francesa não se encontraria qualquer outra cavidade que pudesse servir de almoxarifado para alojar o resto do material. Nas proximidades da cova, ouviram-se gritos roucos. Briant, dirigindo-se para aquele lado, foi logo alcançado por Doniphan. Os outros seguiam-nos a alguns passos, fuzis engatilhados, enquanto Fido marchava de orelhas em pé e cauda esticada.

Não estavam a mais de vinte passos da cova, quando os gritos redobraram. No centro da cobertura de ramos apareceu então grande orifício que devia ter sido produzido pela queda de algum animal.

— Vá, Fido, vá!... — exclamou Doniphan.

E logo o cão atirou-se, latindo, mas sem mostrar inquietação.

Briant e Doniphan correram para o alçapão e mal olharam do alto gritaram:

— Venham!... Venham!

— Não é um jaguar?... — perguntou Webb.

— Nem uma onça?... — acrescentou Cross.

— Não! — respondeu Doniphan. — É um animal de duas patas, uma avestruz!

Entretanto, se não havia dúvida que fosse uma avestruz, seu porte médio, sua cabeça semelhante a uma cabeça de ganso, a penugem de cinza esbranquiçado que lhe envolvia todo o corpo colocavam-na na categoria das emas, tão numerosas no meio dos pampas da América do Sul. Se bem que a ema não se compare com a avestruz africana, não deixava de honrar a fauna da região.

— É preciso segurá-la viva!... — disse Wilcox.

— Eu também penso assim — exclamou Service.

— Não será fácil! — respondeu Cross.

— Tentemos — disse Briant.

— Finalmente! — exclamou Webb.

Se o vigoroso animal não pudera escapar era porque suas asas não lhe permitiam elevar-se até à altura do solo e seus pés não tinham apoio sobre paredes verticais. Wilcox foi, pois, obrigado a deslizar para o fundo da cova arriscando-se a receber algumas bicadas que o poderiam ferir gravemente. Entretanto, como conseguiu encapuzar a ema com seu blusão, ficou reduzida à mais completa imobilidade. Assim foi fácil amarrar-lhe as patas com o auxílio de dois ou três lenços ligados uns aos outros e todos, reunindo seus esforços, uns por baixo e outros por cima, conseguiram retirá-la da cova.

— Finalmente! — exclamou Webb.

— E o que vamos fazer com ela?... — perguntou Cross.

— É muito simples! — replicou Service, que nunca duvidava de coisa alguma. — Nós a levaremos para a Gruta Francesa, aonde vou domesticá-la para que sirva de montaria! Deixem isso comigo, a exemplo de meu amigo Jack, de *Robinson Suíço*.

Que fosse possível utilizar a ema desse modo era contestável, apesar do precedente invocado por Service. Todavia, como não havia nenhum inconveniente em levá-la para a Gruta Francesa, assim foi feito. Quando Gordon viu chegar a ema, assustou-se em pouco por ter mais uma boca talvez para sustentar. Mas, pensando que a erva ou as folhagens chegariam para sua alimentação, fez-lhe boa acolhida. Quanto aos pequenos, foi uma festa para eles admirar a ave, depois de amarrada com uma corda comprida. E, logo que souberam que Service contava domesticá-la para que servisse como montaria, fizeram-no prometer que os levaria na garupa.

— Sim! Se vocês se portarem bem, crianças! — respondeu Service, considerado já herói pelos pequenos.

— Nós seremos comportados! — exclamou Costar.

— Como? Você também, Costar — replicou Service, — tem coragem de montar esse animal?...

— Atrás de você, segurando bem... sim!

— Oh! Lembre-se do seu medo horrível quando estava nas costas da tartaruga!

— Não é a mesma coisa — respondeu Costar. — Ao menos este bicho não vai para a água!...

— Não. Mas pode ir pelos ares! — disse Dole.

Desde a instalação definitiva na Gruta Francesa, Gordon e seus amigos tinham organizado a vida cotidiana de modo regular. Quando a instalação estivesse completa, Gordon se propunha a regular tanto quanto possível as ocupações de cada um e, sobretudo, não deixar os mais jovens entregues a si mesmos. Sem dúvida, não queriam nada melhor do que se aplicar ao trabalho comum na medida de suas forças. Mas por que não se daria continuidade às lições começadas no Pensionato Chairman?

— Temos livros que nos permitirão continuar os estudos — disse Gordon — e é justo que nossos pequenos colegas aproveitem daquilo que já aprendemos e do que vamos aprender ainda.

— Sim — respondeu Briant

— E, se conseguirmos deixar esta ilha, se um dia pudermos rever nossas famílias, tratemos de não perder demais nosso tempo!

Ficou convencionado que se faria um programa escrito. Depois, desde que submetido à aprovação geral, cuidar-se-ia de que ele fosse rigorosamente cumprido.

De fato, chegando o inverno, haveria muitos dias maus, durante os quais nem grandes nem pequenos poderiam pôr os pés fora, e era importante que eles não se escoassem sem proveito. Nessa expectativa, o que mais aborrecia os hóspedes da Gruta Francesa era a estreiteza daquela única sala na qual todos tinham que se amontoar. Era preciso, pois, providenciar, sem demora, os meios de dar à caverna dimensões suficientes.

12
ELEIÇÃO DO CHEFE

Durante suas últimas excursões, os jovens caçadores tinham examinado várias vezes a falésia, na esperança de encontrar alguma escavação. Se a descobrissem, poderia servir de depósito geral e receber o resto do material que fora deixado exposto ao tempo. Ora, fracassadas as pesquisas, foi preciso voltar ao projeto de aumentar a moradia atual, cavando uma ou mais salas contíguas à caverna de Francisco Baudoin.

No granito, o trabalho teria sido impraticável. Mas era fácil no calcário. Sua duração pouco importava. Haveria com que ocupar os longos dias de inverno e tudo poderia estar terminado antes da volta do verão, se não se produzissem desmoronamentos ou infiltrações. Não seria necessário fazer explodir minas. As ferramentas seriam suficientes. Por outro lado, Baxter já pudera alargar o orifício da Gruta Francesa, de modo a adaptar-lhe uma das portas do *Sloughi*. Além disso, à direita e à esquerda da entrada, duas estreitas janelas haviam sido perfuradas na parede, o que permitia a entrada da luz e do ar mais largamente no interior.

Entretanto, o mau tempo fizera sua aparição. Tempestades violentas abatiam-se sobre a ilha. Graças a sua orientação para o sul e para o leste, a Gruta Francesa não era atingida diretamente. As rajadas de chuva e neve passavam com grande ruído rentes à crista da falésia. Os caçadores não perseguiam mais a caça senão na vizinhança do lago.

O lago e o rio não estavam ainda congelados, mas bastaria uma noite clara com os primeiros frios secos que sobreviessem às borrascas para que se congelasse.

Confinados, os rapazes podiam empreender o trabalho do aumento e, então, puseram-se à obra no dia vinte e sete de maio. Foi a parede da direita que o enxadão e a picareta atacaram de início.

— Cavando em direção oblíqua — observara Briant, — talvez possamos desembocar ao lado do lago, conseguindo assim segunda entrada para a Gruta Francesa. Isto permitiria vigiar melhor as redondezas e, se o mau tempo nos impedisse de sair por um lado, poderíamos sair pelo outro.

Apenas quinze metros separavam a caverna da encosta oriental. Bastava pois cavar uma galeria naquela direção, depois de fazer levantamento com a bússola. No decurso do trabalho, seria essencial não provocar desmoronamentos. Antes de dar à nova escavação a largura e a altura que teria mais tarde, Baxter propôs cavar apenas garganta estreita, a ser alargada quando sua profundidade parecesse conveniente. As duas salas da Gruta Francesa seriam então reunidas por corredor, que se poderia fechar nas suas duas extremidades e no qual se cavariam lateralmente uma ou duas alcovas escuras. Este plano era evidentemente o melhor e, entre outras vantagens, daria possibilidade de sondar prudentemente o maciço, cuja perfuração poderia ser abandonada em tempo, se se produzisse alguma infiltração súbita.

O trabalho avançava pouco a pouco, e a cavidade já tinha comprimento de mais de metro e meio quando incidente inesperado se produziu na tarde do dia trinta. Briant, acocorado ao fundo, como mineiro que fura galeria de mina, acreditou ouvir uma espécie de ruído surdo no interior do maciço. Suspendeu o trabalho, a fim de escutar mais atentamente... O ruído veio de novo a seu ouvido.

Recuou no corredor, foi até junto de Gordon e Baxter, que se encontravam no orifício, e contou-lhes o acontecido.

— Ilusão! — respondeu Gordon.

— Tome o meu lugar, Gordon —respondeu Briant, — apóie seu ouvido à parede e escute!

Gordon introduziu-se no estreito buraco e saiu alguns instantes depois.

— Não se enganou! Ouvi como que roncos distantes!...

Baxter recomeçou a prova por sua vez e saiu dizendo:

— O que poderá ser isso?

— Não posso imaginar — respondeu Gordon. — É preciso prevenir Doniphan e os outros...

— Não para as crianças! — acrescentou Briant. — Teriam medo!

Mas todos acabavam de entrar para o jantar e os pequenos tiveram conhecimento do que se passava. Doniphan, Wilcox, Webb e Garnett quiseram escutar através da galeria. Mas o ruído havia cessado. Nada mais ouviram e foram levados a crer que os outros haviam sido vítimas de ilusão. Em todo caso, foi decidido que o trabalho não seria de modo algum interrompido e foi recomeçado tão logo terminou o jantar. Durante o serão, não se ouviu nenhum barulho, até que, às nove horas aproximadamente, novos roncos foram ouvidos distintamente através da parede. Fido, que se atirara na galeria, saiu com o pêlo eriçado, o focinho arreganhado por cima das presas, dando incontestáveis sinais de irritação, latindo forte como se quisesse responder aos roncos que se produziam no interior do maciço. Então aquilo que tinha sido, para os pequenos, apenas receio misto de surpresa transformou-se em verdadeiro pavor. Dole, Costar e mesmo Jenkins e Iverson não esconderam que morriam de medo. Após tentar em vão tranqüilizá-los, Briant obrigou-os a deitarem-se. Mas sonharam com fantasmas, espectros, seres sobrenaturais, que visitavam as profundezas da falésia!

Gordon e os outros continuaram a conversar em voz baixa sobre o esquisito fenômeno. Por várias vezes, ouviram os ruídos de novo e Fido persistia em manifestar estranha inquietação. Finalmente a fadiga venceu-os e todos foram deitar-se, com exceção de Briant e de Moko. Depois, silêncio profundo reinou até ao amanhecer no interior da Gruta Francesa. No dia seguinte, todos levantaram-se cedo. Baxter e Doniphan arrastaram-se até ao fundo da escavação... Nenhum ruído se ouvia. O cão, indo e vindo, sem mostrar nenhuma inquietação, não procurava se lançar contra a parede como tinha feito na véspera.

— Recomecemos o trabalho — disse Briant.

— Sim — respondeu Baxter. — Em qualquer tempo, podemos parar se ouvirmos algum ruído suspeito.

— Não seria possível — observou então Doniphan — que o ruído fosse simplesmente o de alguma nascente que passasse borbulhando através do maciço?

— Então continuaríamos a ouvi-lo — observou Wilcox — e não o ouvimos mais!

— Exato — respondeu Gordon. — Estou mais propenso a crer que isso venha do vento que deve entrar, por alguma rachadura da crista da falésia...

— Subamos ao platô — disse Service — e talvez descobriremos alguma coisa.

A proposta foi aceita. A cinquenta passos, no descer a escarpa, uma senda sinuosa permitia atingir a aresta superior do maciço. Em poucos instantes, Baxter e dois ou três outros subiram-na e avançaram sobre o platô até atingirem a altura da Gruta Francesa. Foi trabalho inútil. Sobre aquela superfície, revestida de erva curta e cerrada, não encontraram fenda alguma pela qual pudesse penetrar corrente de ar ou fio de água.

Entretanto, o trabalho de perfuração foi recomeçado e continuou até ao fim do dia. Não se ouviram mais os ruídos da véspera, se bem que, como observou Baxter, a parede começasse a soar a oco, o que não tinha acontecido até então. Haveria naquela direção alguma cavidade natural que a perfuração encontraria? E não seria nessa cavidade que o fenômeno se produzia? A hipótese de segunda escavação contígua à caverna não era inadmissível. Era mesmo de desejar que assim fosse, pois seria trabalho poupado na obra de alargamento. Como se pode imaginar, todos puseram ardor extraordinário no trabalho e aquele dia contou entre os mais fatigantes suportados até então. Entretanto, passou-se sem incidente notável, a não ser que, à noite, Gordon verificou que seu cão havia desaparecido. Habitualmente, na hora das refeições, Fido não deixava jamais de colocar-se perto do banco de seu dono. Naquela noite seu lugar estava vazio. Foi chamado e não respondeu. Gordon foi à soleira da porta. Chamou de novo... Silêncio completo. Doniphan e Wilcox correram, um sobre a beira do rio outro pelo lado do lago... Nenhum indício do cão. As pesquisas estenderam-se em vão a centenas de passos nas redondezas da Gruta Francesa!... Fido não foi encontrado.

Eram nove horas da noite. Escuridão profunda envolvia a falésia e o lago. Foi preciso decidirem-se a abandonar as pesquisas e recolherem-se. Então, muito inquietos, todos entraram. E não somente inquietos, mas desolados pelo pensamento de que o inteligente animal houvesse desaparecido para sempre! Uns vieram estender-se sobre as camas, outros sentaram-se em torno da mesa, pouco pensando em dormir. Parecia-lhes que estavam mais sós, mais desamparados, mais distantes ainda de seu país e de suas famílias! De repente, no meio do silêncio, novos roncos se ouviram. Desta vez eram como uivos, seguidos de gritos de dor e que se prolongaram durante cerca de um minuto.

— É dali... É dali que vem!... — exclamou Briant, entrando pela escavação.

Levantaram-se todos como se aguardassem alguma aparição. O pavor apoderou-se dos pequenos, que se meteram sob os cobertores...

Briant saiu do buraco.

— Tem que haver — disse ele — uma cavidade, cuja entrada se encontre ao pé da falésia...

Subiram até atingirem a altura da Gruta Francesa.

— E na qual é provável que animais se refugiem durante a noite! — acrescentou Gordon.

— Deve ser isso — respondeu Doniphan. — Assim, amanhã investigaremos...

Neste momento, ouviu-se um latido, que, como os uivos, vinha do interior do maciço.

— Será que Fido está lá — perguntou Wilcox — lutando com outro animal?...

Briant, entrando de novo na escavação, escutava, com o ouvido apoiado na parede do fundo... Nada!... Mas não havia dúvida que existia segunda caverna, a qual devia comunicar-se com o exterior, provavelmente por algum orifício perdido entre os espinheiros eriçados na base da falésia. A noite passou, sem que nem os uivos nem os latidos se fizessem ouvir de novo.

Ao nascer do dia, as investigações empreendidas, tanto do lado do rio como do lado do lago, não deram mais resultado do que o da antevéspera sobre a crista da falésia. Fido, embora fosse chamado e procurado nas proximidades da caverna, não tinha reaparecido. Briant e Baxter, alternadamente, puseram-se de novo ao trabalho. A picareta e o enxadão não descansaram. Durante a manhã, o buraco atingiu mais meio metro de profundidade. De vez em quando, escutavam atentamente... mas não se ouvia mais nada.

O trabalho interrompido para o almoço de meio-dia, recomeçou uma hora depois. Todas as precauções tinham sido tomadas para o caso em que a enxada, furando a parede, desse livre passagem a algum animal. Os pequenos tinham sido levados para o lado oposto. Com fuzis e revólveres na mão, Doniphan, Wilcox e Webb estavam prontos para qualquer eventualidade. A cerca de duas horas, Briant fez uma exclamação. Sua picareta acabava de atravessar o calcário que desmoronara e deixava ver larga abertura. Reuniu-se logo aos companheiros que não sabiam o que pensar... Mas, antes que abrisse a boca, qualquer coisa deslizou pelas paredes da perfuração e um animal atirou-se, num pulo, dentro da caverna... Era Fido! Precipitou-se sobre uma tigela cheia de água e pôs-se a beber avidamente. Depois, sacudindo a cauda sem mostrar nenhuma irritação, começou a saltar em torno de Gordon. Não havia, pois, nada a temer.

Briant pegou então uma lanterna e introduziu-se pelo buraco. Gordon, Doniphan, Wilcox, Baxter e Moko seguiram-no. Um instante depois, tendo todos transposto o orifício produzido pelo desmoronamento, encontraram-se no meio de uma caverna escura na qual não penetrava a luz exterior. Tinha a mesma largura e altura da Gruta Francesa, mas muito mais profunda e cujo solo era coberto por areia fina, sobre superfície de cinqüenta jardas quadradas. Como não parecia ter nenhuma comunicação com o exterior, poderia crer-se que o ar fosse impróprio para a respiração. Mas, visto que a lâmpada da lanterna tinha a chama inteiramente acesa, era porque o ar ali se introduzia por uma abertura qualquer. Sem isso, aliás, como Fido poderia ter entrado? Wilcox bateu com o pé num corpo inerte e frio. Briant aproximou a lanterna.

— É o corpo de um chacal! — exclamou Baxter.

— Sim!... Um chacal que nosso intrépido Fido estrangulou talvez! — respondeu Briant.

— Eis, portanto, a explicação daquilo que nós não podíamos explicar! — acrescentou Gordon.

Mas, se os chacais haviam feito desta caverna sua morada habitual, por onde passavam eles? Isto era absolutamente necessário descobrir. Depois de sair da Gruta Francesa, Briant foi contornar a falésia pelo lado do lago. Ao mesmo tempo, ia dando gritos aos quais finalmente outros gritos responderam do interior. Foi assim que descobriu uma estreita abertura entre os abrolhos, rente ao solo, pela qual se introduziam os chacais. Mas, desde que Fido os havia seguido, produzira-se desmoronamento parcial que tinha fechado tal abertura. Tudo se explicava, portanto.

Foi grande a satisfação. Não somente Fido voltara a seus jovens donos mas, também, quanto trabalho poupado! Havia ali, toda feita, como disse Dole, ampla caverna, de cuja existência nunca supôs o náufrago Baudoin. Aumentando-se-lhe o orifício, seria segunda porta aberta para o lado do lago, com grande facilidade para satisfazer a todas as exigências do serviço interior.

Com que ardor todos se puseram de novo ao trabalho, para transformar aquele buraco em corredor transitável! À segunda escavação foi dado o nome de salão, o que se justificava pelas suas dimensões. À espera de que as cavidades fossem abertas lateralmente no corredor, todo o material foi transportado para o salão. Serviria também de dormitório e de sala de trabalho, enquanto a primeira sala seria reservada para a cozinha, a despensa e o refeitório. Mas, como se contava fazer ali o depósito geral, Gordon propôs chamá-la de armazém, o que foi adotado.

Em primeiro lugar, foi feita a mudança das camas, que foram arrumadas simetricamente sobre a areia do salão, onde havia espaço. Depois, colocou-se o mobiliário do *Sloughi*, os divãs, as poltronas, as mesas, os armários e — o que era importante — as estufas do quarto e do salão do iate, cuja instalação foi feita de modo a aquecer a ampla peça. Ao mesmo tempo, foi recortada a entrada pelo lado do lago, a fim de ser ali adaptada uma das portas da escuna — trabalho que deu que fazer a Baxter. Novas aberturas foram também perfuradas aos lados da dita porta e a luz entrou suficientemente para clarear o salão, que, de noite, era iluminado por lanterna suspensa em sua abóbada.

Essas atividades levaram quinze dias. Era tempo que fossem terminadas, porque, depois de alguns dias calmos, o tempo modificava-se. Se não fazia ainda frio muito intenso, as rajadas de vento tornaram-se tão violentas que qualquer saída era interdita.

De fato, tal era a força do vento que, apesar do abrigo da falésia, levantava, como a um mar, as águas do lago. As ondas quebravam-se com estrondo. Foi preciso retirar a canoa para terra, sem o que correria o risco de ser carregada. Por momen-

Trabalharam arduamente para transformarem o buraco em corredor transitável.

to, as águas do rio, empurradas no sentido inverso de seu curso, transbordavam da margem e ameaçavam estender-se até ao contraforte. Felizmente, nem o armazém nem o salão estavam diretamente expostos aos ataques da tempestade, pois o vento soprava do oeste. Assim, as estufas e o fogão da cozinha, alimentados com madeira seca, da qual tinha sido feita ampla provisão, funcionavam razoavelmente.

Foi providencial que tudo aquilo que foi salvo do *Sloughi* tivesse encontrado abrigo seguro! As provisões nada tinham a temer da inclemência do tempo. Gordon e seus companheiros, agora prisioneiros da estação hibernal, tiveram tempo para instalar-se mais confortavelmente. Tinham alargado o corredor e cavado dois profundos redutos, dos quais um, fechado por uma porta, foi reservado às munições, de modo a prevenir qualquer perigo de explosão. Finalmente, se bem que os caçadores não pudessem aventurar-se pelos arredores da Gruta Francesa, bastavam as aves aquáticas, para que as refeições estivessem garantidas. Reservou-se para a ema lugar no armazém, enquanto se esperava que lhe fosse construído um cercado do lado de fora.

Gordon teve o pensamento de redigir um programa, ao qual todos deveriam submeter-se. Entrementes, antes que o programa fosse redigido, outra medida foi tomada. Na noite de dez de junho, depois do jantar, estando todos reunidos no salão em torno das estufas que crepitavam, a conversação encaminhou-se para a oportunidade que havia de se dar nomes aos principais acidentes geográficos da ilha.

— Isto seria útil e prático — disse Briant.

— Sim, nomes... — exclamou Iverson — e sobretudo devemos escolher nomes bem bonitos!

— Assim como o fizeram sempre os Robinsons reais ou imaginários! — replicou Webb.

— E, em realidade, meus amigos — disse Gordon, — nós não somos outra coisa...

— Um pensionato de Robinsons! — exclamou Service.

— Ademais — continuou Gordon, — com os nomes dados à baía, aos rios, às florestas, ao lago, à falésia, aos pântanos, aos promontórios, teremos maior facilidade para nos localizarmos.

— Nós já temos a baía de Sloughi, na qual nosso iate veio encalhar — disse Doniphan, — e penso que convém conservar tal nome, ao qual já nos habituamos!

— Evidentemente! — respondeu Cross.

— Do mesmo modo conservaremos o nome de Gruta Francesa à nossa moradia — acrescentou Briant — em memória do náufrago, cujo lugar tomamos.

Não houve contestação a tal respeito, mesmo da parte de Doniphan, embora a proposta tivesse partido de Briant.

— E agora — disse Wilcox, — como chamaremos o rio que se lança na baía de Sloughi?

— O rio Zelândia — propôs Baxter. — O nome nos lembrará nosso país!

— Adotado!... Adotado!

— E o lago?... — perguntou Garnett.

— Já que o rio recebeu o nome de nossa Zelândia — disse Doniphan, — damos ao lago um nome que lembre nossas famílias e chamemo-lo lago da Família!

O acordo era completo e foi sob império desses mesmos sentimentos que o nome de colina Auckland foi atribuído à falésia. Para o cabo que a terminava, em que havia um promontório de cujo cume Briant descobrira um mar a leste, foi dado, por proposta sua, o nome de Ponta do Falso Mar.

Foi denominada bosque das Armadilhas a parte da floresta onde as armadilhas foram descobertas; bosque do Brejo, a outra parte situada entre a baía de Sloughi e a falésia; brejo do Sul, o pântano que cobria toda a parte meridional da ilha; arroio da Calçada, o riacho represado pela pequena calçada de pedra; costa da Tempestade, a costa da ilha onde encalhou o iate; e, finalmente, Terraço dos Esportes, o terreno limitado pelas margens do rio e do lago, que formava diante do salão uma espécie de relvado que seria destinado aos exercícios indicados no programa.

Ao norte da ilha então tem-se o cabo Norte e, ao sul, o cabo Sul. Finalmente, o entendimento foi geral para dar às três pontas que se projetavam a oeste sobre o Pacífico, as denominações de cabo Francês, cabo Inglês e cabo Americano, em homenagem às três nações, francesa, inglesa e americana, representadas na pequena colônia.

Colônia! Sim! Este nome foi então proposto para lembrar que a instalação não tinha mais caráter provisório. E, naturalmente, foi devido à iniciativa de Gordon, cada vez mais preocupado em organizar a vida sob esse novo aspecto. Os jovens já não eram os náufragos do *Sloughi*, eram os colonos da ilha...

Mas de que ilha?... Era preciso batizá-la também.

— Pronto!... Pronto!... Eu sei como deve ser chamada! — exclamou Costar.

— Sabe? — respondeu Doniphan.

— Vai em bom caminho o pequeno Costar!... — exclamou Garnett.

— Sem dúvida, vai chamá-la ilha Bebê! — interrompeu Service.

— Vamos, não brinquemos com Costar e vejamos a sua idéia — disse Briant, encorajando-o — Fale, Costar. Estou certo de que sua idéia será magnífica!...

— Bem — disse Costar, — já que somos alunos do Pensionato Chairman, vamos chamá-la de ilha Chairman!

E, com efeito, não se podia achar melhor nome. Assim, foi aprovado por aplausos gerais, do que Costar se mostrou muito orgulhoso.

A ilha Chairman! Verdadeiramente este nome tinha certo ar geográfico e poderia figurar nos Atlas do futuro.

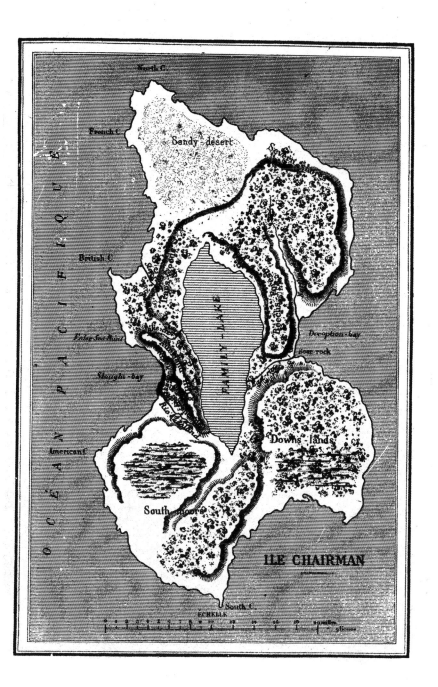

A Ilha Chairman.

Enfim, terminada a cerimônia — com satisfação geral, — chegou o momento de ir repousar, quando Briant pediu a palavra.

— Meus amigos — disse ele, — agora que nós demos nome à nossa ilha, não seria conveniente escolher um chefe para governá-la?

— Um chefe?... — respondeu vivamente Doniphan.

— Sim, parece-me que tudo iria melhor — continuou Briant — se um de nós tivesse autoridade sobre os outros! O que se faz em todos os países não convém para a ilha Chairman?

— Sim!... Um chefe... Nomeemos um chefe! — exclamaram ao mesmo tempo grandes e pequenos.

— Nomeemos um chefe — disse então Doniphan, — mas com a condição de que seja por tempo determinado... um ano, por exemplo!...

— E que possa ser reeleito — acrescentou Briant.

— De acordo!... Quem nomearemos? — perguntou Doniphan num tom bastante ansioso.

Parecia que o ciumento menino só tinha um receio: que, exceto ele, todos os seus colegas escolhessem Briant!... Mas, em breve, ficou desenganado a respeito.

— Quem nomear?... — respondera Briant. — Mas o mais prudente de todos... nosso amigo Gordon!

— Sim!... Sim!... Hurra para Gordon!

Gordon queria recusar de início a honra que lhe era conferida, gostando mais de organizar do que de mandar. Todavia, pensando nos distúrbios que as paixões, quase ardentes naqueles jovens como o seriam se eles fossem homens, podiam fazer nascer no futuro, julgou que sua autoridade não seria inútil!

E eis como Gordon foi proclamado chefe da pequena colônia da ilha Chairman.

Hurras para Gordon.

13
A Primeira Sentença

A partir do mês de maio, o período hibernal tinha-se instalado definitivamente nas paragens da ilha Chairman. Qual seria sua duração? Cinco meses, pelo menos, se a ilha se encontrasse em latitude mais alta do que a Nova Zelândia. Gordon ia tomar as precauções necessárias contra as temíveis eventualidades de longo inverno.

O jovem americano anotara várias observações meteorológicas. O inverno só começara em maio, isto é, dois meses antes de julho, que, na zona austral, corresponde a janeiro na zona boreal. Podia-se concluir que terminaria dois meses depois, por conseguinte, mais ou menos no meio de setembro. Todavia, fora deste período, era preciso contar ainda com as tempestades que são tão freqüentes durante o equinócio. Assim, era provável que os jovens colonos tivessem que ficar confinados na Gruta Francesa até aos primeiros dias de outubro, sem poder empreender nenhuma excursão longa através da ilha Chairman ou à sua volta.

Para organizar a vida interior nas melhores condições, Gordon considerou seu dever elaborar programa de ocupações cotidianas.

É claro que as práticas do trote, que foram mencionadas a propósito do Pensionato Chairman, não eram aceitáveis na ilha do mesmo nome. Todos os esforços de Gordon tendiam a que os meninos se habituassem à idéia de que eram quase homens, a fim de agir como homens. Não haveria, pois, calouros na Gruta Francesa, o que significa que os mais jovens não seriam constrangidos a servir os mais velhos. Mas, afora isto, respeitar-se-iam as tradições, aquelas tradições que são a maior razão de ser das escolas inglesas.

O programa foi elaborado de modo que nele tomassem parte os pequenos e os grandes. Com efeito, como a biblioteca da Gruta Francesa continha apenas número restrito de livros de ciência, afora livros de viagens, os grandes não podiam dar prosseguimento a seus estudos a não ser em certa medida. É verdade que as dificuldades da existência, a luta a sustentar para prover suas necessidades, o fato de terem de exercitar a imaginação em presença das eventualidades de todas as espécies, tudo isso lhes faria conhecer a vida seriamente. Seriam, naturalmente, designados para ser os educadores de seus jovens colegas, ficando-lhes a obrigação de instruí-los.

Todavia, longe de sobrecarregar os pequenos com trabalho acima das forças de sua idade, todas as ocasiões eram aproveitadas para desenvolver seu corpo tanto quanto sua inteligência. Quando o tempo o permitia, com a condição de que estivessem bem agasalhados, eram levados a sair, a correr em pleno ar e, mesmo, a trabalhar manualmente nos limites das forças de cada um.

Duas horas pela manhã e duas à tarde, haveria trabalho em comum no salão. Alternadamente, Briant, Doniphan, Cross e Baxter, da quinta divisão, e Wilcox e Webb, da quarta, dariam aulas a seus colegas da terceira, segunda e primeira divisões. Ensinariam matemática, geografia, história, com o auxílio de alguns trabalhos da biblioteca e de seus conhecimentos anteriores. Isto seria para eles oportunidade para não esquecerem o que já sabiam. Além disso, duas vezes por semana, domingo e quinta-feira, haveria conferência, ou melhor, palestra sobre ciência, história ou mesmo sobre assunto de atualidade, relacionado com os acontecimentos diários. Os grandes se manifestariam pró ou contra e trocariam idéias sobre o que se faria, não só para a instrução como para o divertimento geral.

Gordon, na sua qualidade de chefe da colônia, zelaria para que o programa fosse cumprido e não sofresse modificações, a não ser em caso de novas eventualidades.

De início, foi tomada medida que se referia à duração do tempo. Havia o calendário do *Sloughi*, mas era preciso riscar cada dia decorrido. Havia relógios a bordo, mas era preciso que recebesse corda regularmente a fim de darem a hora exata. Dois dos rapazes foram encarregados deste serviço, Wilcox para os relógios e Baxter para o calendário, podendo-se contar com seus bons cuidados. Quanto ao barômetro e ao termômetro, foi a Webb que coube a tarefa de levantar suas indicações cotidianas.

Outra decisão que foi igualmente tomada: um diário seria feito de tudo o que tinha acontecido e o que viesse a acontecer na ilha Chairman. Baxter ofereceu-se para tal trabalho e graças a ele o *Diário da Gruta Francesa* seria feito com minuciosa exatidão. Trabalho não menos importante e que não podia sofrer atrasos era a lavagem das roupas, para o quê, felizmente, não faltava sabão, pois, apesar das recomendações de Gordon, os pequenos se sujavam a brincar no Terraço dos Esportes ou a pescar nas bordas do rio! Quantas vezes, a este respeito, tinham sido admoestados e ameaçados de castigo! Moko desincumbia-se perfeitamente. Mas ele só não era suficiente para isso e, apesar de sua pouca vocação por tal espécie de trabalho, os rapazes foram constrangidos a auxiliá-lo, a fim de ter em bom estado a rouparia da Gruta Francesa.

O dia seguinte era precisamente domingo, dia respeitado com rigor na Inglaterra e na América. A vida é como que suspensa nas cidades, vilas e aldeias. Não obstante, na ilha Chairman, foi convencionado que se abrandaria um pouco a severidade e, naquele domingo mesmo, aos jovens colonos se permitiriam excursão às bordas do lago da Família. Mas, como fazia frio extremo, depois de um passeio de duas horas, seguido de competição de velocidade, na qual os pequenos tomaram parte no relvado do Terraço dos Esportes, todos ficaram felizes de encontrar no salão boa temperatura e, no armazém, jantar bem quente, cujo cardápio fora particularmente cuidado pelo hábil mestre de cozinha da Gruta Francesa.

A noite terminou por um concerto, no qual o acordeão de Garnett fez o papel de orquestra, enquanto os outros cantavam com voz mais ou menos de falsete e com convicção toda saxônica. O único dos meninos que tinha voz bastante bela era Jacques. Mas, com sua inexplicável disposição de espírito, não tomava mais parte nas distrações de seus colegas e, por mais que se lhe pedisse, recusou-se a cantar uma daquelas canções infantis das quais era tão pródigo no Pensionato Chairman.

O domingo, que começara por pequena alocução do "reverendo Gordon", como dizia Service, acabou por prece dita em comum. Às dez horas, mais ou menos, todo mundo dormia sono profundo sob a guarda de Fido.

Durante o mês de junho, o frio cresceu sempre. Webb verificou que o barômetro se mantinha em média acima de vinte e sete polegadas, enquanto o termômetro centígrado marcava até dez ou doze graus abaixo do ponto de congelação. Desde que o vento, que soprava do sul, se inclinava para o oeste, a temperatura subia um pouco e os arredores da Gruta Francesa cobriam-se de espessa neve. Os jovens colonos entregavam-se a algumas daquelas batalhas que se travam com bolas de neve. Houve algumas cabeças contundidas ligeiramente, e, certo dia, um dos mais maltratados foi precisamente Jacques, que, no entanto, só tomava parte em tais brinquedos como espectador. Um bloco lançado vigorosamente por Cross atingiu-o brutalmente, embora não fosse dirigido a ele.

— Não fiz de propósito! — disse Cross.

— Sem dúvida! — replicou Briant, que foi atraído pelo grito do seu irmão ao teatro da batalha. — Todavia fez mal em atirar a bola com tanta força!

— Também, para que Jacques ficou ali — continuou Cross — se não quer brincar?

— Quantas palavras! — exclamou Doniphan. — Por uma coisa à-toa!

— Seja!... Não é grave! — respondeu Briant, sentindo bem que Doniphan procurava a ocasião de intervir na discussão. — Apenas pediria a Cross não recomeçar.

— Não recomeçar o quê?... — respondeu Doniphan em tom zombeteiro. — Ele não o fez de propósito...

— Não sei por que se mete nisto, Doniphan! — continuou Briant. — Só interessa a Cross e a mim...

— Também me interessa, Briant, já que toma essa atitude! — respondeu Doniphan.

— Como quiser... e quando quiser! — replicou Briant, que cruzou os braços.

— Em seguida! — exclamou Doniphan.

Neste momento Gordon chegou e impediu que a discussão terminasse em violência. Não deu razão a Doniphan, que teve de submeter-se e, irritado, entrou na Gruta Francesa.

A neve não cessou de cair durante quarenta e oito horas. Para divertir os pequenos, Service e Garnett fizeram um grande boneco com cabeça enorme, nariz descomunal e boca desmedida.

Nas proximidades do fim de junho, foi preciso renunciar aos divertimentos. A neve, amontoada, tornava o caminhar quase impossível, devido à grande espessura.

Os jovens colonos ficaram, portanto, enclausurados durante quinze dias, até nove de julho. Os estudos não sofreram com isso. O programa cotidiano era estritamente observado. As conferências foram realizadas nos dias fixados e deram a todos verdadeiro prazer. Doniphan, com sua facilidade de palavra, sua instrução já avançada, estava em primeiro lugar. Mas, porque se mostrava superior, o orgulho destruía todas as suas brilhantes qualidades.

Se bem que as horas de recreio devessem ser passadas no salão, a saúde geral não se ressentiu, graças à ventilação que se fazia de uma sala a outra, através do corredor. Mas havia outro problema. Ordinariamente, a água era retirada do rio, na

Service e Garnett fizeram um grande boneco de neve.

maré baixa. Mas, quando a superfície do rio estivesse inteiramente gelada, tornar-se-ia impossível agir do mesmo modo. Gordon conversou com Baxter, seu engenheiro habitual, sobre as medidas que conviria tomar. Baxter, depois de refletir, propôs fazer-se encanamento abaixo do solo, de modo que alcançasse o rio abaixo de sua superfície gelada. Era trabalho difícil que Baxter nunca poderia realizar se não tivesse à sua disposição um dos canos de chumbo que servia à alimentação dos banheiros de bordo do *Sloughi*. Enfim, depois de numerosas tentativas, o serviço de água foi assegurado no interior do armazém. Quanto à iluminação, havia ainda bastante óleo para as lâmpadas das lanternas. Mas, depois do inverno, seria necessário fazer nova provisão, ou, pelo menos, fabricar velas com as graxas que Moko punha de reserva.

Deu ainda certos cuidados, durante esse período, a alimentação da pequena colônia, pois a caça e a pesca não forneciam sua contribuição habitual. Sem dúvida, alguns animais, levados pela fome, vieram mais de uma vez rondar pelo Terraço dos Esportes. Mas eram apenas chacais que Doniphan e Cross se limitavam a afastar a tiros.

Moko foi obrigado a utilizar as provisões do iate que eram avaramente poupadas. Gordon não dava de bom grado autorização e era com pesar que via crescer no seu caderno a coluna das despesas, enquanto a da receita permanecia estacionária. Como havia, entretanto, grande estoque de marrecos e de perdizes, que haviam sido hermeticamente fechados em barris, depois de um meio cozimento, bem assim como certa quantidade de salmões conservados em salmoura, Moko conseguiu desempenhar com êxito suas funções. Durante o inverno, todavia, não houve privação total de carne fresca. Wilcox, muito entendido em tudo o que se referia a instalações de engenhos de caça, havia armado alguns alçapões. Auxiliado por seus companheiros, Wilcox estendeu, também, as redes de pesca do *Sloughi*. Nas malhas dessas longas teias de aranha os pássaros do brejo do Sul caíam em grande número quando passavam de uma à outra margem. Se a maioria podia desprender-se de tais malhas, pequenas demais para uma pesca aérea, houve certos dias em que se obteve o suficiente para as duas refeições regulamentares.

A ema consumia muito alimento. Sua prisão não resultava em qualquer vantagem, apesar do que dizia Service, encarregado especialmente de sua educação.

— Vai ser um corcel formidável! — repetia muitas vezes, embora ninguém visse a possibilidade de um dia ser cavalgado.

Service era obrigado a ir procurar sua ração cotidiana de ervas e raízes sob dois ou três pés de neve, pois a ema não é carnívora.

A nove de julho, de manhã cedo, Briant, tendo posto o pé fora da Gruta Francesa, verificou que o vento, agora, soprava do sul. O frio ficara de tal modo cortante que Briant voltou às pressas para o salão, e deu conhecimento a Gordon da mudança de temperatura.

— Era de prever — respondeu Gordon, — e não me surpreenderei se tivermos de suportar ainda alguns meses de inverno rigorosíssimo!

— Isto prova evidentemente — acrescentou Briant — que o *Sloughi* foi arrastado mais para o sul do que supúnhamos!

— Sem dúvida — disse Gordon, — e, no entanto, no nosso atlas não consta nenhuma ilha nos limites do oceano Antártico!

— É inexplicável, Gordon, e, em verdade, absolutamente não sei para que lado nos deveríamos dirigir, se conseguíssemos sair da ilha Chairman...

— Sair da nossa ilha! — exclamou Gordon. — Então está sempre pensando nisso, Briant?

— Sempre, Gordon. Se pudéssemos construir embarcação, que mal ou bem agüentasse o mar, não hesitaria em lançar-me à descoberta!

— Bem!... Bem! — volveu Gordon. — Nada de pressa!... Aguardemos ao menos que a nossa coloniazinha esteja organizada...

— Oh, meu caro Gordon! esquece de que temos famílias...

— Certamente... certamente... Briant! Mas, afinal, não estamos tão infelizes aqui! Vai-se andando... e eu até pergunto: o que nos falta?!

— Muitas coisas, Gordon — respondeu Briant, que achou oportuno não prolongar a conversa a tal respeito. — Por exemplo, já quase não temos combustível...

— Ora! Ainda não estão queimadas todas as florestas.

— Não, Gordon! Mas já é tempo de refazer nossa provisão de lenha.

— Pois seja hoje! — exclamou Gordon. — Vejamos quanto marca o termômetro!

O termômetro, colocado no armazém, indicava cinco graus acima de zero, embora o fogão estivesse em plena atividade. Mas, ao ser posto na parede externa, não tardou a marcar dezessete abaixo de zero. O frio era intenso e aumentaria por certo se o tempo continuasse claro e seco durante algumas semanas. Agora mesmo, apesar das duas estufas do salão permanecerem acesas e o fogão da cozinha também, a temperatura descia sensivelmente no interior da Gruta Francesa. Cerca de nove horas, depois do pequeno almoço, ficou decidido que se iria ao bosque das Armadilhas, a fim de trazer carregamento de lenha. Com a atmosfera calma, as mais baixas temperaturas podem ser suportadas impunemente. O que é singularmente penoso é o vento frio e mordente que corta as mãos e o rosto e do qual é muito difícil fugir. Felizmente, naquele dia, o vento estava fraquíssimo e o céu de pureza perfeita, como se o ar estivesse gelado.

Em vez daquela neve mole, na qual, ainda na véspera, se podia afundar até a cintura, o pé iria calcar solo de dureza metálica.

Então, firmando-se o passo, podia-se caminhar sobre a superfície do lago da Família ou do rio Zelândia, que estavam totalmente gelados. Com um par daquelas raquetes de que se servem os indígenas das regiões polares, ou mesmo com trenó puxado por cães ou renas, o lago poderia ser percorrido em toda a sua extensão do sul ao norte em poucas horas.

O transporte para a Gruta Francesa de quantidade suficiente de lenha não deixava de ser trabalho penoso, pois seria feito a força de braço. Moko, então, teve idéia esplêndida, que depressa foi posta em execução, enquanto não se fazia veículo próprio com as tábuas do iate. Aquela grande mesa do armazém, solidamente construída, poderia ser virada de pernas para o ar e arrastada sobre a superfície gelada. Quatro dos rapazes atrelaram-se por meio de cordas a esse veículo e às oito horas da manhã partiu-se para o bosque das Armadilhas.

Os pequenos, de narizes vermelhos e faces queimadas, pulavam na frente como cabritos e Fido ia dando o exemplo. Às vezes trepavam também sobre a mesa, entre brigas e socos, arriscando-se a cair. Seus gritos repercutiam com intensidade extraordinária no meio da atmosfera fria e seca. Em verdade, era um prazer ver aquela coloniazinha de tão bom-humor e tão saudável.

Tudo era branco a perder de vista entre a colina Auckland e o lago da Família. As árvores, com sua ramagem gelada, seus galhos carregados de cristais brilhantes, agrupavam-se à distância como o fundo de cenário feérico. Pela superfície do lago, as aves voavam aos bandos até ao outro lado da falésia. Doniphan e Cross não se tinham esquecido de trazer seus fuzis, o que foi excelente precaução, porque foram observadas pegadas suspeitas, que não eram de chacais, mas talvez de onças ou jaguares.

— São talvez daqueles gatos selvagens que se chamam "paperos" — disse Gordon — e que não são menos temíveis!

— Ora! Se só são gatos!... — observou Costar erguendo os ombros.

— Os tigres também são gatos! — replicou Jenkins.

— É verdade — perguntou Costar — que os tais gatos são maus?

— Pura verdade — respondeu Service, — e mastigam crianças como se fossem ratos!

Aquele quilômetro entre a Gruta Francesa e o bosque das Armadilhas foi rapidamente transposto e os jovens lenhadores puseram-se ao trabalho. Os machados atacaram apenas as árvores de determinada grossura, cujos galhos pequenos foram retirados, a fim de fazer-se provisão de grandes achas que pudessem alimentar convenientemente o fogão e as estufas. Depois, a mesa-trenó recebeu carga pesada. Mas deslizava tão bem e todos puxavam com tão boa-vontade que antes do meio-dia já haviam sido feitas duas viagens.

Após o almoço, o trabalho foi recomeçado e não mais interrompido senão cerca de quatro horas, quando o dia começou a escurecer. A fadiga era grande, mas como não havia necessidade de se fazerem coisas em excesso, Gordon transferiu o resto do trabalho para o dia seguinte.

De regresso à Gruta Francesa, o trabalho continuou, e os troncos foram cortados e armazenados.

Durante seis dias, fizeram-se carregamentos contínuos e sem repouso, o que assegurou combustível para várias semanas. Tal provisão não coube no armazém. Mas não havia qualquer inconveniente em que ficasse exposta ao ar, ao pé do contraforte.

A coluna termométrica desceu até vinte graus abaixo de zero, no meio da primeira semana de agosto. O hálito condensava-se em neve à mínima exposição ao ar exterior. Não se podia pegar um objeto de metal sem se sentir dor viva semelhante à dor da queimadura. Foram tomadas todas as precauções para que a temperatura interna fosse mantida em grau suportável. Apesar de tudo, houve quinze dias penosíssimos. Todos sofreram pela falta de exercícios. Briant inquietava-se ao ver os semblantes pálidos dos pequenos. Contudo, graças às bebidas quentes que não faltavam, fora certo número de resfriados ou de bronquites inevitáveis, os jovens colonos atravessaram sem grandes danos o perigoso período.

Em meados de agosto, o estado da atmosfera tendia a modificar-se devido ao vento que surgiu do oeste. O termômetro subiu a doze graus abaixo de zero, o que era suportável dada a serenidade do ar. Doniphan, Briant, Service, Wilcox e Baxter tiveram então o pensamento de fazer excursão até à baía de Sloughi. Se partissem cedo, poderiam estar de volta na mesma tarde.

Tratava-se de verificar se a costa era freqüentada por grande número de anfíbios, hóspedes habituais das regiões antárticas e dos quais já se tinham visto alguns exemplares por ocasião do encalhe. Ao mesmo tempo, seria substituído o pavilhão, do qual só deviam restar farrapos, depois das tempestades do inverno. Além disso, por sugestão de Briant, pregar-se-ia no mastro do sinal uma tabuleta, indicando a situação da Gruta Francesa.

Gordon deu seu consentimento, mas recomendou que estivessem de volta antes da noite. E o pequeno grupo partiu na manhã de dezenove de agosto, antes de ser dia claro. O céu estava limpo e a lua, no quarto crescente, iluminava timidamente. O trajeto foi feito rapidamente. Estando gelado o brejo, não foi preciso contorná-lo, o que abreviou o percurso. Deste modo, antes da nove horas da manhã, Doniphan e seus camaradas desembocavam na praia.

— Olhe! Um bando de aves! — exclamou Wilcox.

E mostrava, enfileirados sobre os recifes, alguns milhares de pássaros, semelhantes a patos enormes de bico alongado e voz tão penetrante quão desagradável.

— Parecem soldadinhos que o general vai passar em revista! — disse Service.

— São pingüins — respondeu Baxter — e não merecem um tiro!

Aquelas aves estúpidas, que se mantinham em posição quase vertical, devido a suas patas implantadas muito para trás, nem pensaram em fugir e seria fácil matá-las a pauladas. Talvez Doniphan tivesse desejo de lançar-se a essa caçada inútil. Mas Briant teve a prudência de se opor e os pingüins foram deixados em paz.

Viram ainda elefantes-marinhos ou focas de tromba, que brincavam sobre os recifes, cobertos então por espessa camada de gelo. Para apanhar alguns seria preciso cortar-lhes a retaguarda do lado dos recifes. Ora, logo que Briant e seus colegas se aproximaram, fugiram dando pulos espetaculares e desapareceram sob as águas. Havia, pois, razão para organizar-se mais tarde expedição especial com o objetivo de capturar tais anfíbios.

Depois de almoçarem frugalmente, os garotos foram observar a baía em toda a sua extensão. Lençol uniformemente branco estendia-se desde a embocadura do rio Zelândia até ao promontório Ponta do Falso Mar. Com exceção dos pingüins e das aves marinhas, tais como albatrozes, gaivotões, parecia que as outras aves haviam abandonado a praia em busca de alimentação no interior da ilha. A neve estendia-se sobre a praia e o que restava da escuna havia desaparecido sob a espessa camada. Os resíduos das marés, detritos e algas, que jaziam aquém dos recifes, indicavam que a baía de Sloughi não fora invadida pelas fortes marés do equinócio.

Quanto ao mar, estava sempre deserto até ao limite extremo daquele horizonte que Briant não voltara a ver há três longos meses. E, além, a centenas de milhas, havia aquela Nova Zelândia, que não perdia a esperança de rever um dia.

Baxter ocupou-se, então, em içar novo pavilhão que trouxera e pregar a tabuleta, dando a situação da Gruta Francesa. Depois, cerca de meio-dia, voltaram pela margem esquerda. Durante o caminho Doniphan matou um casal de patos selvagens e outro de pavões que voejavam na superfície do rio. Às quatro horas aproximadamente, quando começava a

Baxter içou o novo pavilhão.

escurecer, ele e seus camaradas chegavam à Gruta Francesa. Ali, Gordon foi posto ao corrente do que se passou e, já que numerosas focas freqüentavam a baía de Sloughi, dar-se-lhesia caça logo que o tempo permitisse.

O inverno ia terminar em breve. Durante as últimas semanas de agosto e a primeira semana de setembro, o vento do mar voltou. Fortes borrascas trouxeram elevação rápida de temperatura. A neve não tardou a dissolver-se e a superfície do lago rompeu-se com estrondo ensurdecedor. Os bancos de gelo que não se fundiram ali mesmo entraram pela corrente do rio e, colocando-se uns sobre os outros, fizeram um amontoado que não se desprendeu completamente senão a dez de setembro.

Assim decorreu o inverno. Graças às precauções tomadas, a pequena colônia não sofreu em demasia. Todos se mantiveram com saúde e os estudos continuaram com zelo. Gordon não teve ocasião de ver-se forçado a agir com rigor contra os teimosos. Um dia, entretanto, viu-se na contingência de castigar Dole, cuja conduta necessitava punição que servisse de exemplo.

Várias vezes o teimoso havia-se recusado a fazer seus deveres e Gordon repreendera-o sem que levasse em consideração as observações do chefe da colônia. E, como não é do sistema das escolas anglo-saxônicas o regime de pão e água, o rapaz foi condenado ao chicote. Os jovens ingleses, como já foi explicado, não sentem a repugnância que os franceses sentiriam, sem dúvida, por esse gênero de castigo. Briant teria protestado contra tal modo de punir se não devesse respeitar as decisões de Gordon. Todavia, naquilo em que um estudante francês se sentiria vexado um estudante inglês se envergonharia apenas de parecer medroso da correção corporal.

Dole recebeu algumas vergastadas, aplicadas por Wilcox, designado por sorteio para a função de executor público e isto representou tal exemplo que o caso não se reproduziu.

A dez de setembro, fazia seis meses que o *Sloughi* se perdera sobre os recifes da ilha Chairman.

14

DESERTO DE AREIA

Com o bom tempo que já se anunciava, os jovens colonos poderiam executar alguns dos projetos concebidos durante os longos lazeres do inverno.

Na direção do oeste — isto era mais do que evidente — nenhuma terra se avizinhava da ilha. Ao norte, ao sul e ao oeste era a mesma coisa. Faria a ilha parte de algum arquipélago ou grupo do Pacífico? Não, sem dúvida, levando em consideração o mapa de Francisco Baudoin. Contudo, era possível que se encontrassem terras naquelas paragens, embora aquele náufrago não as tivesse percebido pelo fato de não possuir binóculo. Os jovens, mais bem preparados para observar o mar largo, descobririam talvez o que o sobrevivente do Duguay-Trouin não tivera a·possibilidade de entrever. Dada a sua configuração, a ilha Chairman não media mais do que seis quilômetros na sua parte central, a leste da Gruta Francesa. Do lado oposto à baía de Sloughi, porém, o litoral era enviesado e convinha, portanto, levar a pesquisa em tal direção.

Antes de visitar as diversas regiões da ilha, seria interessante explorar o território compreendido entre a colina Auckland, o lago da Família e o bosque das Armadilhas. Quais seriam seus recursos? Seria rico em árvores ou arbustos dos quais se pudesse tirar algum proveito? Com o objetivo de averiguá-lo, foi decidido fazer-se expedição nos primeiros dias de novembro.

Todavia, se, astronomicamente, a primavera ia começar, a ilha Chairman, situada em latitude bastante alta, não sentia ainda sua influência. O mês de setembro e a metade de outubro foram castigados pelo mau tempo. Havia ainda frios muito fortes, mas pouco duradouros, porque os ventos se tinham tornado extremamente variáveis. Durante o período do equinócio, as perturbações atmosféricas se manifestaram com violência indescritível, semelhantes àquela que carregara o *Sloughi* através do Pacífico. Sob o açoite das borrascas parecia que o maciço da colina Auckland sacudia por inteiro quando as rajadas de vento, atravessando a região do brejo do Sul — que não lhe opunha qualquer resistência, — carregavam as intempéries glaciais do oceano Antártico. Que trabalho árduo quando era preciso impedir-lhes a entrada na Gruta Francesa! Vinte vezes empurravam a porta que dava acesso ao armazém e penetravam pelo corredor até ao salão. Em tais condições, o sofrimento foi maior do que na época dos frios intensos que haviam feito baixar a coluna termométrica a trinta graus abaixo de zero. E não eram apenas as rajadas, eram também a chuva e o granizo, contra os quais era preciso lutar.

Para cúmulo do transtorno, a caça parecia haver desaparecido, como se tivesse ido procurar refúgio nos lugares da ilha menos expostos ao ataque do equinócio, bem assim como o peixe, provavelmente assustado pela agitação das águas que rugiam ao longo das margens do lago.

Entrementes, não houve ociosidade na Gruta Francesa. Não podendo mais a mesa servir de veículo, porque a camada de neve dura desaparecera, Baxter procurou meios de fabricar aparelho próprio para carregar objetos pesados.

Para este fim, teve a idéia de utilizar as rodas de igual tamanho pertencentes ao cabrestante da escuna. Tal trabalho não se fez sem inúmeros ensaios que seriam evitados por um profissional. As rodas eram dentadas e Baxter, depois de tentar em vão serrar-lhes os dentes, limitou-se a encher-lhes os intervalos com lascas de madeira muito unidas e depois circundadas por fita metálica. Então, as duas rodas foram ligadas por barras de ferro e sobre o eixo colocou-se sólido estrado de madeira. À falta de cavalo, mula ou jumento, seriam os mais robustos da colônia que se atrelariam à mencionada carruagem. Se fosse possível apanhar quadrúpedes e aproveitá-los para tal trabalho, quantas fadigas seriam poupadas! Mas a fauna da ilha Chairman, com exceção de alguns carnívoros, cujos restos ou vestígios se tinham encontrado, parecia mais rica em voláteis do que em ruminantes! E, a julgar pela ema de Service, poder-se-ia esperar que eles se curvassem aos deveres da domesticidade? A ema nada tinha perdido de seu caráter selvagem. Não permitia que ninguém se lhe aproximasse sem defender-se com o bico e as patas, procurava cortar as cordas que o seguravam e, se tivesse conseguido, teria logo desaparecido sob as árvores do bosque das Armadilhas.

Service, entretanto, não desanimava. Dera, naturalmente, à ema o nome de Brausewind, como o fizera com sua avestruz mestre Jack do Robinson Suíço. Se bem que tivesse posto excessivo amor-próprio em domesticar o rebelde animal, seus bons tratamentos de nada serviram.

— No entanto — disse ele um dia, referindo-se à novela de Wyss, que não deixava de reler, — Jack conseguiu fazer de sua avestruz montaria veloz!

— É verdade — respondeu-lhe Gordon, — mas entre seu herói e você, Service, existe a mesma diferença que entre a sua avestruz e a dele!

— Qual, Gordon?

— Simplesmente a diferença que existe entre a imaginação e a realidade!

— Não importa! — insistiu Service. — Hei de vencer a minha ema... ou ela dirá por quê!

— Bem! Palavra que ficarei menos admirado de ouvi-la responder-lhe do que a ver obedecer-lhe — disse Gordon rindo.

A despeito dos gracejos de seus camaradas, Service estava decidido a montar a ema, tão logo o tempo o permitisse. Assim, sempre imitando seu tipo imaginário, fez-lhe uma espécie de sela de lona e uma touca com antolhos móveis. Não era assim que Jack dirigia seu animal, abaixando um ou outro desses antolhos, ou sobre o olho direito ou sobre o esquerdo?

E por que, então, o conseguido por aquele menino não o seria por seu imitador? Service confeccionou coleira de corda que conseguiu fixar no pescoço da ave, que seria mais feliz sem tal ornamento. Mas foi impossível colocar-lhe a touca.

O equinócio chegava a seu fim. O sol esquentava-se e o céu serenava. Estava-se no meio de outubro. O sol comunicava seu calor aos arbustos e às árvores, que se preparavam para tornar-se verdes. Agora, já se podia sair da Gruta Francesa durante os dias inteiros. As roupas quentes — calças grossas de feltro e blusões de lã — foram limpas, reparadas, dobradas e colocadas cuidadosamente nas arcas, depois de serem etiquetadas por Gordon. Os jovens colonos, mais à vontade dentro de roupas leves, haviam saudado com alegria a chegada da primavera. Demais, havia a esperança, que nunca os abandonava, de fazer alguma descoberta de natureza a modificar sua situação. Durante o verão, não podia acontecer que um navio visitasse aquelas paragens? E se passasse à vista da ilha Chairman, por que não se aproximaria, vendo a bandeira que flutuava sobre a crista da colina Auckland?

Durante a segunda quinzena de outubro, várias excursões foram feitas num raio de quatro quilômetros em torno da Gruta Francesa. Somente os caçadores tomaram parte. Se bem que por recomendação de Gordon o chumbo e a pólvora devessem ser severamente economizados houve receita fora do normal. Wilcox estendeu suas redes, com as quais capturou alguns perdizes e perus selvagens e, às vezes, até lebres marás que se parecem com a cutia. Freqüentemente, durante o dia, as redes eram visitadas, pois os chacais e os paperos, antecipando-se aos caçadores, destruíam a caça. Em verdade, era irritante trabalhar para proveito daqueles carnívoros, que não eram poupados quando se podia. Vários deles foram apanhados nas próprias armadilhas que foram armadas na orla do bosque. Quanto às feras, tinham-se-lhe visto os rastos, mas não fora ainda necessário combater seus ataques, contra os quais estava-se sempre de prevenção.

Doniphan matou também alguns daqueles pecaris e guaçutis — espécies de porcos e veados de pequeno porte

A ema corria com a velocidade de uma flecha.

— cuja carne é saborosa. Quanto às emas, ninguém se lamentou por não conseguir pegá-las, dado o pouco êxito de Service em seu ensaio de domesticação, principalmente quando, na manhã de vinte e seis, o teimoso menino quis montar a ema, depois de tê-la arreado com certo sacrifício.

Foi no Terraço dos Esportes que se reuniram para assistir a interessante experiência. Os pequenos olhavam seu camarada com certo sentimento de inveja, misturado de inquietação. No momento decisivo, hesitaram em pedir a Service para levá-los na garupa. Os rapazes levantavam os ombros. Gordon quisera mesmo dissuadir Service a realizar tal prova, que lhe parecia perigosa. Mas ele estava obstinado e deixaram-no tentar.

Enquanto Garnett e Baxter seguravam o animal, cujos olhos estavam cobertos com os antolhos da touca, Service, depois de várias tentativas infrutíferas, conseguiu lançar-se às suas costas. Depois, com uma voz insegura, exclamou:

— Vamos!

A ema, privada do uso dos olhos, ficou primeiro imóvel, presa pelo menino que a apertava vigorosamente entre as pernas. Mas, logo que os antolhos foram levantados por meio da corda que servia ao mesmo tempo de rédea, deu um pulo espetacular e partiu na direção da floresta.

Service não era mais senhor de sua fogosa montaria, que corria com velocidade de flecha. Em vão tentou fazê-la parar, cegando-a de novo. Com uma cabeçada a ema deslocou a touca que escorregou para o pescoço, onde Service se agarrava com os dois braços. Depois, uma sacudidela violenta desmontou o pouco firme cavaleiro, que caiu no momento em que o animal ia desaparecer sob as árvores do bosque das Armadilhas.

Os camaradas de Service acorreram. Mas, quando chegaram, a ema já tinha desaparecido. Service, tendo caído sobre a vegetação espessa, nada sofreu, felizmente.

— Animal estúpido!... Animal estúpido! — exclamou todo confuso. — Ah! Se eu o pego!...

Quando chegaram a ema já tinha desaparecido.

— Não a pegará nada! — respondeu Doniphan, que se divertia, rindo do colega.

— Decididamente — disse Webb — seu amigo Jack era melhor escudeiro!

— É que a ema não estava bem adestrada ainda — respondeu Service.

— E não poderia estar! — volveu Gordon. — Console-se, Service, pois não poderia obter nada daquele animal.

Nos primeiros dias de novembro, o tempo pareceu favorável a pesquisa de alguma duração, cujo objetivo seria reconhecer a margem ocidental do lago da Família até sua extremidade norte. O céu estava limpo, o calor bem suportável ainda e não haveria imprudência em passar algumas noites ao relento. Os preparativos, por conseguinte, foram feitos.

Na manhã de cinco de novembro, Gordon, Doniphan, Wilcox, Webb, Cross e Service partiram depois de se despedirem de seus camaradas. Na Gruta Francesa nada seria modificado. Fora das horas consagradas ao trabalho, Iverson, Jenkins, Dole e Costar continuariam como de costume a pescar nas águas do lago e do rio — o que constituía seu divertimento favorito. Pelo fato de Moko não ter acompanhado os jovens exploradores, Service era o cozinheiro.

Gordon, Doniphan e Wilcox estavam armados de fuzil. Além disso, cada um tinha um revólver na cintura. Facas de caça e duas machadinhas completavam o equipamento. Tanto quanto possível não deviam empregar pólvora e chumbo senão para defender-se ou para abater caça, se não pudessem obtê-la por outro meio.

O laço e as bolas tinham sido levados por Baxter, que, desde algum tempo, se exercitava no seu manejo. O rapaz tinha-se tornado muito hábil com tais engenhos. Até então, em realidade, só tinha visado a objetos imóveis e nada provava que teria êxito contra animal em movimento.

Gordon tivera também a idéia de levar o bote de borracha, que era portátil.

A crer no mapa de Baudoin, do qual Gordon levou uma cópia, a margem ocidental do lago da Família tinha extensão de trinta e cinco quilômetros aproximadamente. A exploração levaria, portanto, ao menos três dias, ida e volta, se não sofresse nenhum atraso. Gordon e seus companheiros, precedidos de Fido, deixaram o bosque das Armadilhas à esquerda e marcharam a passos largos pelo solo arenoso da margem.

Quatro quilômetros além, ultrapassaram a distância até então percorrida pelas excursões anteriores, desde a instalação na Gruta Francesa. Fido atrasou um pouco a marcha porque se deteve diante de buracos feitos no solo. Evidentemente, havia pressentido algum animal. Doniphan já se preparava para atirar, quando Gordon o deteve.

— Poupe sua pólvora, Doniphan — advertiu, — eu lhe peço, poupe sua pólvora!

— Quem sabe, Gordon, se o nosso almoço não está lá dentro? — respondeu o jovem caçador.

— E também o nosso jantar!... — acrescentou Service, que acabava de curvar-se até ao buraco.

— Se eles estão lá dentro — interveio Wilcox, — saberemos fazê-los sair sem que custe um grão de chumbo.

— De que modo?... — perguntou Webb.

— Pela fumaça, como se faz com cova de doninha ou de raposa!

O solo estava coberto de capim seco que Wilcox depressa acendeu na entrada das tocas. Um minuto depois apareciam vários roedores, meio sufocados, que tentavam em vão fugir. Eram coelhos, dos quais Service e Webb abateram alguns com a machadinha, enquanto Fido estrangulava três outros com dentadas.

— Isso dará um excelente assado! — disse Gordon.

— E eu me encarrego dele — exclamou Service, que tinha pressa em exercer suas funções de cozinheiro.

— Em nossa primeira parada! — disse Gordon.

Foi preciso meia hora para sair daquela verdadeira floresta em miniatura. Além, reapareceu o areal, acidentado por longas filas de dunas, cuja areia, de finura extrema, elevava-se ao menor sopro.

A parada foi feita na embocadura do Arroio da Calçáda, ao pé de um soberbo pinheiro. Acendeu-se o fogo com madeira seca entre duas pedras. E, alguns instantes mais tarde, dois dos coelhos, esfolados e limpos por Service, assavam sobre a chama crepitante.

Almoçou-se com apetite e não houve reclamações sobre o primeiro ensaio culinário de Service. Os coelhos bastaram e não houve necessidade de tocar nas provisões trazidas nas sacolas, salvo nos biscoitos que substituíam o pão.

Depois, o rio foi atravessado a pé. Como a margem do lago se tornava pouco a pouco pantanosa, foram obrigados a retomar a orla da floresta, ficando, porém, atentos para voltarem novamente para o leste, quando o estado do solo o permitisse. Sempre a mesma espécie de arvoredo de crescimento magnífico — faias, bétulas, azinheiras e pinheiros de várias famílias. Grande número de pássaros saltitava de galho em galho.

Ao lembrar-se de Robinson Crusoé, Service, sem dúvida, lamentou que a família dos papagaios não estivesse representada na ornitologia da ilha. Se não pudera domesticar a ema, talvez um daqueles pássaros faladores se mostrasse menos rebelde.

A caça abundava — marás, pequis e, particularmente, galinholas, mais ou menos semelhantes ao frango-d'água. Gordon não pôde recusar a Doniphan o prazer de atirar num pecari de porte médio, que serviria ao almoço do dia seguinte, se não servisse também para o jantar. Não foi necessário meterem-se pelo arvoredo, onde a marcha seria mais penosa. Bastava caminhar ao longo da orla, o que foi feito até às cinco horas da tarde. Foi quando o segundo curso de água, de largura de doze metros, veio barrar-lhes a passagem. Era um dos

Os coelhos assavam sobre a chama crepitante.

escoadouros do lago e ia jogar-se no Pacífico, além da baía de Sloughi, depois de contornar o norte da colina Auckland.

Gordon decidiu deter-se no local. Vinte e cinco quilômetros já eram bastante para um dia. Enquanto esperavam, pareceu indispensável dar nome àquele curso de água e, já que ali foi lugar de descanso, foi denominado rio da Parada. O acampamento foi armado sob as primeiras árvores da orla. Tendo reservado as galinholas para o dia seguinte, o prato de resistência foi outra vez constituído de coelhos. Service desincumbiu-se muito satisfatoriamente de suas funções. A necessidade de dormir era mais forte do que o desejo de comer e se as bocas abriam-se com fome, os olhos fechavam-se com sono. Acendeu-se fogueira diante da qual cada um se estendeu, depois de enrolar-se em sua manta. O vivo clarão daquele fogo, que Wilcox e Doniphan mantiveram, alternando-se, devia bastar para manter as feras à distância. Mas não houve nenhum motivo de alerta, e de manhã, bem cedo, todos estavam prontos para recomeçar a marcha.

Não bastava, todavia, dar nome ao rio. Era preciso transpô-lo e como era impossível fazê-lo a pé, o bote de borracha foi requisitado. O frágil barquinho, que apenas comportava uma pessoa, teve que fazer sete vezes a travessia da margem esquerda à direita do rio da Parada, o que levou mais de uma hora. Mas isso não importava desde que, graças a ele, as provisões e as munições não se molhassem. Quanto a Fido, que não receava encharcar-se, atirou-se a nado e em alguns pulos passou de uma a outra margem. Em virtude de ter o terreno deixado de ser pantanoso, Gordon tomou de novo a direção do lago, que foi alcançado antes das dez horas. Depois do almoço, em que os grelhados de pecari fizeram a delícia de todos, tomou-se a direção do norte. Nada indicava ainda que a extremidade do lago estivesse próxima e o horizonte do leste estava sempre circunscrito por linha circular de céu e água, quando cerca de meio-dia Doniphan, assentando binóculo, disse:

— Eis a outra margem!

Todos olharam para aquele lado, onde as copas de algumas árvores começavam a mostrar-se por cima das águas.

— Não nos demoremos — acudiu Gordon, — procuremos chegar antes da noite!

Uma planície árida, ondulada por longas dunas e semeada apenas de alguns tufos de juncos e caniços, estendia-se a perder de vista em direção ao norte. Na sua parte setentrional, parecia que a ilha Chairman não oferecia senão vastos espaços arenosos, que contrastavam com as florestas verdejantes do centro e aos quais Gordon pôde dar com justiça o nome de Deserto de Areia. Às três horas aproximadamente, a margem oposta, que se arredondava a menos de duas milhas ao nordeste, apareceu distintamente. A região parecia deserta de criaturas vivas, salvo aves marinhas como corvos, gaivotas e mergulhões que passavam de regresso às rochas do litoral.

Seria agora necessário ir além, e reconhecer inteiramente aquela parte da ilha que parecia desabitada? Não seria melhor adiar para segunda expedição a pesquisa da margem direita do lago, onde outras florestas poderiam oferecer novas riquezas? Sim, sem dúvida. Seria naquelas paragens do leste que devia encontrar-se o continente americano, se a ilha Chairman lhe fosse vizinha. Todavia, por proposta de Doniphan, ficou decidido alcançar a extremidade do lago, que não devia ser distante, pois a dupla curvatura de suas margens acentuava-se cada vez mais.

Ao cair da noite, fez-se, então, parada no fundo de pequena enseada cavada no ângulo norte do lago da Família. Não havia nem árvores, nem mesmo simples tufo ervoso, de musgos ou líquens ressecados. Na falta de combustível, foi preciso limitarem-se às provisões trazidas nas sacolas e, à falta de abrigo, ao tapete de areia sobre o qual estenderam-se as cobertas.

Durante esta primeira noite, nada veio perturbar o silêncio do Deserto de Areia.

15
CORCEL PARA TRANSPORTE

Aduzentos passos da pequena enseada, erguia-se duna de quinze metros de altura — observatório muito indicado para que Gordon e seus companheiros pudessem ter visão mais ampla da região. Mal o sol ergueu-se, tiveram pressa em subir à crista da duna, onde o binóculo foi apontado na direção do norte. Se o vasto deserto arenoso se prolongasse até o litoral, como indicava o mapa, era impossível divisar-lhe o fim, pois o horizonte do mar devia encontrar-se a mais de vinte e cinco quilômetros para o norte e a mais de três para o leste. Pareceu, pois, inútil ir além pela parte setentrional da ilha Chairman.

— Então — perguntou Cross, — que faremos agora?

— Voltar pelo mesmo caminho! — respondeu Gordon.

— Mas não antes de comermos algo — apressou-se em dizer Service.

— Ponha a mesa! — acudiu Webb.

— Já que é preciso voltarmos — disse Doniphan, — não poderíamos seguir outro caminho para chegar à Gruta Francesa?

— Tentaremos — concordou Gordon.

— Parece-me — acrescentou Doniphan — que nossa exploração será mais completa se contornarmos a margem direita do lago da Família.

— Seria um pouco longo — objetou Gordon. — De acordo com o mapa, haverá cerca de oitenta quilômetros a fazer, o que exigiria quatro ou cinco dias, admitindo que não se apresentasse nenhum obstáculo no caminho! Os outros ficariam inquietos na Gruta Francesa e não é necessário provocar tal inquietação.

— Não obstante — continuou Doniphan, — cedo ou tarde será necessário investigar aquele lado da ilha!

— Sem dúvida — confirmou Gordon, — penso organizar uma expedição com esse objetivo.

— Mas — insistiu Cross, — Doniphan tem razão. Haveria interesse em não voltar pelo mesmo caminho...

— Combinado — respondeu Gordon. — Proponho seguir a margem do lago até o rio da Parada, depois caminhar diretamente para a falésia, e seguir então ao longo de sua base.

— E por que voltar a descer pela mesma margem que já contornamos? — perguntou Wilcox.

— Com efeito, Gordon — acrescentou Doniphan, — por que não cortar em linha reta através desta planície de areia a fim de atingir as primeiras árvores do bosque das Armadilhas, que não estão a mais de oito quilômetros ao sudoeste?

— Porque seríamos sempre forçados a atravessar o rio da Parada — respondeu Gordon. — Ora, estamos certos de que podemos passar por onde já passamos ontem, ao passo que, mais abaixo, poderíamos ter dificuldades se o rio fosse mais impetuoso. Portanto, parece-me prudente não nos metermos na floresta senão depois de pormos o pé na margem esquerda do rio da Parada.

— Sempre prudente, Gordon! — exclamou Doniphan com uma ponta de ironia.

— Prudência nunca é demais! — respondeu Gordon.

Todos deixaram-se escorregar pelo declive da duna, mastigaram um pedaço de biscoito e um grelhado frio, enrolaram suas mantas, retomaram suas armas e seguiram a passos largos o caminho da véspera. O céu estava magnífico. Vento leve encrespava ligeiramente as águas do lago. Podia-se contar com um belo dia. Que o tempo se mantivesse bom durante trinta e seis horas, era o que Gordon desejava, pois contava atingir a Gruta Francesa na tarde do dia seguinte.

Das seis da manhã às onze horas, foram feitos, sem sacrifício, os dezoito quilômetros que separavam a ponta do lago do rio da Parada. Nenhum incidente no caminho, a não ser que, na vizinhança do rio, Doniphan abateu dois soberbos perus selvagens de plumagem negra, matizadas de vermelho, o que o pôs de bom-humor, bem como a Service, sempre pronto a depenar, limpar e assar qualquer ave. E foi o que fez uma hora mais tarde, enquanto atravessavam, cada um por sua vez, o curso de água no bote de borracha.

— Estamos de novo na floresta — disse Gordon. — Espero que Baxter encontre oportunidade de jogar o laço ou as bolas!

— O fato é que até agora foram inúteis — interveio Doniphan, que desprezava qualquer engenho de caça que não fosse o fuzil ou a carabina.

— E o que adiantaria contra os pássaros? — indagou Baxter.

— Em pássaros ou em quadrúpedes, Baxter, não tenho confiança.

— Nem eu! — atalhou Cross, sempre pronto a apoiar o primo.

— Esperem que Baxter tenha a oportunidade de fazer a experiência, antes de se pronunciarem! — objetou Gordon. — Estou confiante em que dará golpe certeiro! Se as munições nos faltarem algum dia, o laço e as bolas não faltarão jamais!...

— É mais fácil faltar caça! — respondeu o incorrigível rapaz.

— Veremos isso — replicou Gordon, — e, enquanto esperamos, vamos almoçar.

Os preparativos, porém, exigiram certo tempo, pois Service queria que o peru fosse bem assado. Findo o almoço, os meninos penetraram na parte ainda desconhecida do bosque das Armadilhas, que o rio da Parada atravessava antes de ir lançar-se no Pacífico. O mapa indicava que seu curso curvava-se para o noroeste, contornando a extremidade da falésia e que sua embocadura se situava além do promontório da Ponta do Falso Mar. Gordon decidiu abandonar a margem do rio da Parada, visto que continuar seguindo-a seria encaminhar-se para direção oposta à Gruta Francesa. O que queria era chegar pelo caminho mais curto à base da colina Auckland a fim de, contornando-a, descer em direção ao sul. Depois de orientar-se com a bússola, Gordon desviou-se para o oeste. As árvores, mais espaçadas do que ao sul do bosque das Armadilhas, deixavam livre passagem sobre o solo menos embaraçado de ervas e de espinheiros. Entre as bétulas e as faias abriam-se, às vezes, pequenas clareiras, onde os raios do sol penetravam em cheio. Flores selvagens misturavam suas cores vivas à verdura dos arbustos e do tapete de relva. Em vários lugares, soberbos cardos balançavam-se na ponta de altas hastes. Algumas foram colhidas e Service, Wilcox e Webb ornaram com elas suas lapelas.

Gordon fez descoberta útil. Seus conhecimentos de botânica foram muitas vezes proveitosos à pequena colônia. Teve a atenção despertada por moita muito fechada de um arbusto de folhas pequenas e cujos galhos eriçados de espinhos tinham pequeno fruto avermelhado do tamanho de ervilha.

— Olha a *trulca*, se não me engano É um fruto do qual os índios fazem grande uso.

— Se a gente come — acudiu Service, — vamos comê-lo, pois é de graça.

E, antes que Gordon o pudesse impedir, Service trincou dois ou três dos tais frutos. Os companheiros explodiram em gargalhadas, enquanto ele cuspia o ácido fruto!

— Você disse que isso se comia! — lamentou-se Service.

— Não disse, absolutamente! — retrucou Gordon. — Os índios usam tais frutos para fabricar licor que obtêm pela fermentação. Tal licor será para nós precioso recurso, quando nossa provisão de aguardente tiver terminado, com a condição de tomar cuidado, pois sobe à cabeça! Vamos levar um saco destas *trulcas* e fazer a experiência na Gruta Francesa!

Era difícil de colher no meio de milhares de espinhos que a envolviam. Mas, batendo nos galhos com pequenas pancadas, Baxter e Webb fizeram cair sobre o solo grande quantidade, com as quais encheram uma das bolsas e continuaram a marcha.

Mais adiante, algumas vagens de outro arbusto particular às terras vizinhas da América do Sul foram igualmente recolhidas. Eram algaroba, cujo fruto dá, também por fermentação, licor muito forte. Desta vez, Service se absteve de meter-lhe os dentes e fez bem. Embora açucarada de início, a boca é logo afetada por secura muito dolorosa.

Finalmente, outra descoberta, não menos importante, foi feita ainda durante a tarde, pouco antes de chegarem à base da colina Auckland. O aspecto da floresta tinha-se modificado. Com o ar e o calor, que chegavam com maior abundância às clareiras, os vegetais tomavam soberbo crescimento. Entre as mais belas espécies distinguia-se a faia antártica, que conserva todo o ano o verde delicado de suas folhas. Depois, um pouco menos altas, mas ainda magníficas, surgiam, aos grupos, alguns daqueles azevinhos, cuja casca pode substituir a da canela e que permitiria ao cozinheiro da Gruta Francesa condimentar seus molhos. Foi então que Gordon reconheceu entre tais vegetais um arbusto da família das ericáceas — a árvore do chá, — que se encontra mesmo nas altas latitudes e cujas folhas aromáticas dão bebida muito saudável.

— Olhem o que pode substituir nossa provisão de chá — disse Gordon. — Vamos levar um pouco destas folhas e mais tarde recolheremos mais para todo nosso inverno.

Eram cerca de quatro horas, quando a colina Auckland foi alcançada quase na extremidade norte. Naquele local, embora parecesse um pouco menos alta do que nas redondezas da Gruta Francesa, seria impossível escalar-lhe a encosta, que se erguia verticalmente. Pouco importava, pois tratava-se apenas de segui-la voltando para a direção do rio Zelândia. Duas milhas depois, ouviu-se o rumor de uma torrente que espumava através de estreita garganta da falésia e que foi fácil atravessar a pé.

— Deve ser o rio que descobrimos durante nossa primeira expedição ao lago — observou Doniphan.

— Aquele que tinha calçada de pedra? — perguntou Gordon.

— Precisamente — respondeu Doniphan. — Ao qual por esta mesma razão demos o nome de Arroio da Calçada.

— Pois bem, vamos acampar na sua margem direita — continuou Gordon. — São cinco horas e já que é preciso passar ainda uma noite ao relento, será melhor aqui, junto deste arroio e ao abrigo de grandes árvores. Amanhã à tarde, se não houver obstáculos, espero dormirmos em nossas camas no salão!

Service ocupou-se então do jantar para o qual reservara o segundo peru. Era outro assado, mas seria injustiça censurar Service, que pouco podia variar seu trivial. Gordon e Baxter voltaram ao bosque, um à procura de novas plantas, o outro com a intenção de utilizar seu laço e suas bolas, ao menos para acabar com as zombarias de Doniphan. Ambos haviam dado alguns passos através da mata, quando Gordon, chamando Baxter com um gesto, lhe mostrou alguns animais que ali pastavam.

— Cabras? — indagou Baxter à meia voz.

— Ou pelo menos parecem! — respondeu Gordon. — Vamos pegá-las...

— Vivas?

— Sim, Baxter, vivas. Felizmente Doniphan não está conosco, senão já teria atirado pondo-as em fuga! Vamos nos aproximar devagarinho, sem que elas nos percebam!

Os graciosos animais, cerca de meia dúzia, não tinham percebido a presença dos rapazes. Entretanto, pressentindo algum perigo, uma das cabras farejava o ar, mantendo-se de sentinela, pronta a fugir com seu bando.

De súbito ouviu-se um assobio. As bolas acabavam de ser jogadas pela mão de Baxter que estava a vinte passos do grupo. Hábil e vigorosamente lançadas, elas se enrolaram em torno de uma das cabras, enquanto as outras desapareceram no espesso bosque.

Gordon e Baxter precipitaram-se então na direção da cabra que tentava em vão desvencilhar-se das bolas. Mas foi segura e posta em condições de não poder fugir e com ela ficaram presos dois cabritinhos, que o instinto havia conservado perto da mãe.

— Hurra! — exclamou Baxter, com exuberante alegria.
— Hurra! Será que são mesmo cabras?
— Não — respondeu Gordon. — Acho que são vicunhas!
— E dão leite?
— Exatamente como as cabras...
— Então, vá lá... Que sejam vicunhas!...

É fácil calcular a acolhida que foi feita a Gordon e a Baxter quando voltaram ao acampamento, um puxando a vicunha pela corda das bolas e o outro trazendo debaixo de cada braço um cabritinho. Já que a mãe ainda os amamentava, era provável poder criá-los sem muita dificuldade. Talvez estivesse ali o núcleo de futuro rebanho, que seria muito útil à pequena colônia. É claro que Doniphan lamentou o belo tiro que teria ocasião de dar. Mas já que se tratava de pegar a caça viva e não de abatê-la, teve que convir que bolas valiam mais do que as armas de fogo.

O jantar foi em clima de alegria. A vicunha, amarrada a uma árvore, não recusou o pasto, enquanto os filhotes pulavam em torno dela.

A noite, entretanto, não foi tão tranqüila quanto o fora nas planícies do Deserto de Areia. A floresta recebia a visita de animais mais temíveis do que os chacais, cuja voz é muito conhecida, pois simultaneamente latem e uivam. Cerca de três horas da manhã, houve alerta.

Doniphan, vigilante ao pé do fogo, fuzil ao alcance da mão, pensou não dever de início avisar seus amigos. Mas os uivos tornaram-se tão violentos que Gordon e os outros acordaram sozinhos.

De súbito, ouviu-se um assobio. As bolas foram lançadas por Baxter.

— O que é isto?... — perguntou Wilcox.

— Deve ser um bando de feras que andam nos arredores — disse Doniphan.

— Provavelmente são jaguares ou onças! — respondeu Gordon.

— Uns e outros se equivalem.

— Não inteiramente, Doniphan, a onça é menos perigosa do que o jaguar. Mas, em bando, são carnívoros temíveis.

— Estamos prontos a recebê-los! — exclamou Doniphan.

E pôs-se na defensiva, enquanto seus colegas armaram-se com os revólveres.

— Não dê tiro se não for certeiro! — recomendou Gordon. — Acho que o fogo impedirá que as feras se aproximem...

— Não estão longe! — interveio Cross.

Com efeito, o bando devia estar bem próximo do acampamento, a julgar pelo furor de Fido, que Gordon continha com dificuldade. Sem dúvida, as feras tinham o hábito de vir beber de noite naquele local. Tendo encontrado o lugar ocupado, testemunhavam sua contrariedade por rugidos terríveis. De repente, a menos de vinte passos, pontos claros e móveis apareceram na sombra. Quase ao mesmo tempo uma detonação ecoou. Doniphan acabava de atirar e teve em resposta rugidos mais violentos. Seus colegas e ele, com o revólver apontado, mantinham-se prontos a fazer fogo, se as feras se precipitassem sobre o acampamento.

Baxter, pegando então uma tocha acesa, lançou-a vigorosamente para o lado em que havia olhos brilhantes como brasas. Um instante depois, as feras, das quais uma devia ter sido atingida por Doniphan, abandonaram o local e desapareceram nas profundezas do bosque das Armadilhas.

— Recuaram! — exclamou Cross.

— Boa viagem! — acrescentou Service.

— Não podem voltar? — indagou Cross.

— Não é provável — respondeu Gordon, — mas vigiaremos até o dia clarear.

Na fogueira foi posta maior quantidade de lenha e seu vivo clarão foi conservado até aos primeiros alvores da madrugada. O acampamento foi levantado e os jovens meteram-se pelo mato para ver se algum daqueles animais fora abatido pelo tiro. A vinte passos, o solo estava impregnado por grande mancha de sangue. O animal pudera fugir mas seria fácil achá-lo, pondo-se Fido na sua pista, se Gordon não tivesse julgado inútil aventurarem-se mais profundamente pela floresta. A questão de saber se eram jaguares, onças ou qualquer outro carnívoro não menos perigoso, não pôde ser esclarecida. Em todo caso, o importante era que Gordon e seus camaradas se tivessem safado sãos e salvos.

Às seis horas da manhã puseram-se todos a caminho novamente. Não havia tempo a perder, se queriam vencer com dia ainda os cinco quilômetros que separavam o Arroio da Calçada da Gruta Francesa. Service e Webb carregavam os dois filhotes da vicunha e por isso a mãe não se fez de rogada para seguir Baxter que a puxava pela corda.

Caminho pouco variado, o que margeava a Colina Auckland. À esquerda estendia-se cortina de árvores, ora dispostas em maciços quase impenetráveis, ora agrupadas em torno de clareiras. À direita, erguia-se muralha a pique, listrada de camadas de pedrinhas incrustadas no calcário e cuja altura aumentava à medida que enviesava para o sul. Às onze horas, fizeram alto para o almoço e, desta vez, a fim de não perder tempo, foram utilizadas as provisões reservadas nas sacolas e continuaram a caminho. A marcha era rápida e parecia que nada a viria retardar, quando, às três horas aproximadamente, outro tiro ecoou sob as árvores. Doniphan, Webb e Cross, acompanhados de Fido, encontravam-se então a cem passos à frente e seus companheiros não os podiam avistar, quando fizeram-se ouvir vozes gritando.

— Atenção...

Teriam esses gritos por objetivo avisar Gordon, Wilcox, Baxter e Service que estivessem alertas?

De repente, através do mato, apareceu animal de grande porte. Baxter, que acabava de armar seu laço, laçou-o depois de havê-lo balançado por cima da cabeça, com tal perícia que a laçada da longa correia foi enrolar-se no pescoço do animal que em vão tentou desvencilhar-se. Como era vigoroso, teria arrastado Baxter, se Gordon, Wilcox e Service não tivessem pegado a extremidade do laço e conseguido amarrá-lo ao tronco de uma árvore. Quase no mesmo instante, Webb e Cross saíam do bosque, seguidos de Doniphan, que exclamou de mau-humor:

— Maldito animal!... Como pude perdê-lo!

— Baxter não o perdeu — respondeu Service — e nós o seguramos vivo e bem vivo.

— Que importa, se vai ser preciso matá-lo de qualquer modo! — replicou Doniphan.

— Matá-lo? — acudiu Gordon. — Matá-lo? Quando vem tão a propósito para servir-nos de animal de tração...

— Aquele! — exclamou Service.

— É um guanaco — disse Gordon, — e os guanacos fazem ótima figura nas estrebarias da América do Sul.

No fundo, por muito útil que fosse o tal guanaco, Doniphan lamentava certamente não o haver abatido. Mas evitou dizê-lo e foi examinar o belo exemplar. Se bem que em história natural tal quadrúpede seja classificado na família dos camelos, em nada a ele se assemelha. O guanaco, com seu pescoço delgado, cabeça fina, pernas longas e um pouco delicadas — o que denota animal muito ágil, — seu pêlo ruivo manchado de branco, não era inferior aos mais belos cavalos de raça americana. Sem dúvida alguma, poderia ser empregado em corridas se fosse possível amansá-lo, o que parece que se faz facilmente nas fazendas dos pampas argentinos. De resto, é demasiado tímido. O prisioneiro nem tentara debater-se. Logo que Baxter soltou a laçada que o estrangulava, foi fácil conduzi-lo pelo laço.

Teria arrastado Baxter se os rapazes não o ajudassem a prendê-la.

Decididamente a excursão ao norte do lago da Falésia ia ser muito proveitosa à colônia. O guanaco, a vicunha e seus dois filhotes, a descoberta da árvore do chá, as trincas, a algaroba, tudo era motivo para que se fizesse boa acolhida a Gordon e sobretudo a Baxter que, não tendo a vaidade de Doniphan, não se vangloriava de seus sucessos.

Em todo caso, Gordon ficou muito feliz ao ver que as bolas e o laço deviam prestar serviços reais. Certamente, Doniphan era hábil atirador com o qual se devia contar nas oportunidades apropriadas. Mas sua habilidade custava sempre alguma carga de pólvora e de chumbo. Assim, Gordon fez o propósito de estimular seus camaradas a servirem-se desses engenhos de caça que os índios sabem pôr em uso tão vantajosamente.

De acordo com o mapa, havia ainda dois quilômetros a transpor para chegar à Gruta Francesa e todos apressaram-se a fim de chegar, antes da noite.

Certamente não foi por falta de vontade que Service não se enganchou no guanaco para fazer sua entrada sobre o magnífico corcel. Mas Gordon não quis permitir. Mais valia esperar que o animal estivesse aparelhado a servir de montaria.

— Penso que não vai dar muitos pinotes — disse ele. — No caso pouco provável que não se deixe montar é preciso pelo menos que consinta em fazer nossos carretos. Portanto, paciência, Service, e não se esqueça da lição que recebeu da ema!

Às seis horas aproximadamente, chegava-se à vista da Gruta Francesa.

O pequeno Costar, que brincava no Terraço dos Esportes, avisou sobre a chegada de Gordon. Briant e os outros imediatamente acorreram e alegres exclamações saudaram o regresso dos exploradores, depois de alguns dias de ausência.

Esta história termina no volume A Ilha Chairman - Dois Anos de Férias II...

A presente edição de A ESCUNA PERDIDA — DOIS ANOS DE FÉRIAS I é o volume número 6 da coleção Júlio Verne. Impresso na Líthera Maciel Ltda., Rua Simão Antônio, 1.070 - Contagem, para Villa Rica Editoras Reunidas Ltda, à Rua São Geraldo, 53 - Belo Horizonte. No catálogo geral leva o número 6069/9B ISBN: 85-7344-522-X.